# Nebelthron

Troy Dust

# N e b e l t h r o n
Roman

Die erste Ausgabe von „Nebelthron" erschien 2009 unter
dem Pseudonym Von Sensenstahl als Taschenbuch bei BoD
– Books on Demand, Norderstedt, und ist nicht mehr er-
hältlich. Das vorliegende Buch wurde teilweise neu ge-
staltet.

Text + Umschlagmotiv:
Copyright © 2021 by Troy Dust

Satz + Umschlaggestaltung:
Troy Dust

**www.troydust.com**

Herstellung und Verlag:
BoD – Books on Demand, Norderstedt

ISBN: 978-3-7534-8210-1

**Für Marni.**

»Einsamkeit ist der Weg, auf dem das Schicksal den Menschen zu sich selber führen will.«

Hermann Hesse

# Inhalt

Es war ein angenehmer Morgen, an dem die vom Sturm der vergangenen Nacht zerrissenen Wolken schnell am Himmel vorüberzogen und der Wind Wogen über die grünen Wiesen trieb, während sie Hand in Hand am Ufer eines Sees liefen und still die Natur betrachteten. Der kalte Tau berührte dabei ihre Haut und verursachte bei beiden ein angenehmes Frösteln. Irgendwann blieben sie stehen, wandten sich einander zu und küssten sich ...

## Teil 1 – Nächtliche Erinnerungen

Er öffnete die Augen und wurde damit unversehens in die Realität zurückgeworfen, welche das beschwingte Gefühl seines Traumes erstickte. Er blickte sich kurz um und stellte zu seiner Zufriedenheit fest, dass niemand in das Abteil gekommen war, der ihn hätte stören können. Es gab nur zwei Lichtquellen, welche die Schwärze der Nacht durchbrachen: Die Beleuchtung auf dem Gang vor dem Abteil, deren Schein durch die Lücken zwischen den zugezogenen Vorhängen drang, und die Lichter, die draußen vorübereilten, während sich der Zug ratternd seinem Ziel näherte.

Er mochte Zugfahrten. Sie hatten auf eine gewisse Art etwas Beruhigendes – wenn er keine Angst haben musste, den Anschlusszug zu verpassen –, denn er saß da und konnte lediglich auf die Ankunft warten, ohne Einfluss auf die Fahrt zu haben. Er war quasi aus dem Lauf der Welt gelöst und konnte die Zeit mit etwas verbringen, was ihm Spaß machte oder wozu sich sonst weniger die Gelegenheit bot, wie zum Beispiel das stundenlange Betrachten der sich wandelnden Landstriche. Er verglich es mit einem kleinen Urlaub, zumal er nicht gerade häufig mit der Bahn unterwegs war. Vielleicht war das der Grund, weshalb er so darüber dachte, denn als Pendler hätte er es sicherlich nicht romantisiert.

Kaum waren seine Gedanken wieder in dem Abteil angekommen, begannen sich diese erneut wie wild zu drehen, so dass es ihm krampfhaft den Hals zuschnürte und er sich konzentrieren musste, um nicht in Tränen auszubrechen. Es war fünf Wochen her. Doch was sind schon fünf Wochen, wenn jeder Tag davon schmerzt wie der vorhergehende? Wenn man nach dem Schock, der alles unreal wie in einem Film erscheinen lässt, am nächsten Morgen im Bett erwacht und erkennen muss, dass man allein ist; wenn es noch eine unbestimmte Zeit dauern wird, bis dieses unwirkliche Empfinden der Erkenntnis weicht, dass die Herzen einen unterschiedlichen Takt haben. Gab es einen statistischen Wert für die Dauer von Liebeskummer? Er fand, er sollte das in Erfahrung bringen, nur um es zu wissen.

Er stellte es sich so vor: Zwei Menschen treffen sich und jeder hat Schrauben und Zahnräder dabei. Es kann nun eine perfekte Maschine entstehen, die ein Leben lang funktioniert, eine, die nach einer gewissen Zeit kaputt geht, weil sich ein Bauteil lockert oder abnutzt, oder eine, bei der die Zähne der Räder nicht passend ineinander greifen können.

Er dachte daran, wie er ihre Hand hatte nehmen wollen und sie diese zurückgezogen und leicht den Kopf geschüttelt hatte. Er erinnerte sich, wie sie beide geweint hatten und wie binnen einiger Minuten alle Zukunftspläne nichtig geworden waren. Der Boden unter seinen Füßen war einfach verschwunden. Und er suchte ihn, nicht wissend, wann und ob er ihn wieder finden würde. Es war nicht das erste Mal gewesen, dass er verlassen worden war, doch half ihm das so wenig wie die tröstenden Worte, die man ihm sagte.

Sein verschwommener Blick wanderte nach links. Es hätte ihm egal sein können, ob er weinte oder nicht, denn es war ja niemand da, der ihn dabei hätte beobachten können. Trotzdem versuchte er, das einsetzende Beben seines Brustkorbes unter Kontrolle zu bekommen, was durch die vereinzelten Tränen, die sich erfolgreich an die Oberfläche drängten, nicht einfacher wurde. Neben ihm lag ein Stift auf einem Schreibblock, der noch immer unbeschrieben war. Ohne danach zu greifen, drehte er seinen Kopf wieder nach rechts und schaute aus dem Fenster, wo er in der Ferne Straßenlaternen erkennen konnte. In keinem der Häuser brannte Licht. Er war einerseits froh, hier zu sein, denn er musste nicht in der Dämmerung die Wohnung verlassen und arbeiten gehen. Andererseits lagen mit Sicherheit zahlreiche verliebte Menschen beieinander, die im Schlaf sogar im gleichen Rhythmus atmeten.

Die Gedanken waren zu wirr, zu zahlreich und zu vielschichtig, um ohne Probleme den Weg auf das Papier finden zu können. Auf der einen Seite glimmte Hoffnung für die Zukunft, denn er wusste genau, dass das Leben weitergehen würde und es nur eine Frage der Zeit war, bis sich die Wunden auf ein erträgliches Maß schließen und später verheilen würden, auf der anderen brannte das Gefühl, etwas falsch gemacht zu haben – obgleich sie es verneint hatte. Entweder war es eine Ausrede gewesen, um nicht im Streit auseinander zu gehen, oder die simple Wahrheit. Zu einer Beziehung gehören stets zwei, und da man Liebe und Zuneigung nicht erzwingen oder herbeizaubern kann, hatte er sich seinem Schicksal ergeben. Vielleicht war es ein Fehler gewesen und er hätte kämpfen müssen, aber er hatte es nicht getan, da er nicht den Drang dazu verspürt hatte, und nun war es hinfällig. *Was wäre wenn?* Genau das war die schier ewige Qual der Fragen, die ihn in den Wahnsinn zu treiben drohte. Er hoffte nur, dass man sich weiterhin kennen würde und er nicht ein Kapitel in einem Buch war, das man herausriss, nachdem man es ausgelesen hatte. Natürlich konnte es nicht von heute auf morgen geschehen, das war ihm klar und das sollte es auch nicht, doch er wünschte sich, irgendwann wieder mit ihr zusammen etwas unternehmen zu können, mit den Gedanken mehr bei der schönen gemeinsamen Vergangenheit als bei der schmerzlichen Trennung.

Es hatten sich in den letzten Wochen und Monaten nicht wenige Pärchen in seinem Umfeld getrennt und er fragte sich auch jetzt noch, weshalb sein Stück vom Glückskuchen so klein gewesen war. Hatte er es eventuell zu schnell aufgegessen? Oder war er im vergangenen Leben ein schlimmer Herzensbrecher gewesen und musste nun dafür zahlen?

Teilnahmslos lehnte er den Kopf gegen die kalte Scheibe und starrte in die nun wieder lichtlose

Welt. Auf seinen Wangen spürte er die kühlen Tränen, während sich sein Hals langsam entspannte. Ablenkung half ihm, um auf andere Gedanken zu kommen, aber spätestens vor dem Einschlafen und in einsamen Situationen wie dieser machten sich die Gefühle daran, aus ihm herauszubrechen. Aber das war normal. Es hätte ihn mehr beunruhigt, wenn es nicht so gewesen wäre.

Er hatte es in der Wohnung nicht mehr ausgehalten, da in jedem Winkel die Erinnerung an sie lebendig gewesen war, obwohl sie die gesamte Beziehung über ein eigenes Zimmer in einer WG gehabt und nie fest bei ihm gewohnt hatte. Im Zuge dessen hatte er bis auf Dinge des täglichen Lebens und einzelne Kleinigkeiten seinen kompletten Besitz verkauft, sein somit stark reduziertes Hab und Gut in einen großen Rucksack gepackt, die Wohnung gekündigt und diese vorzeitig verlassen, nicht genau wissend, wohin ihn seine Reise führen würde. Das war freilich auch nicht wichtig, denn er war frei und musste auf niemanden Rücksicht nehmen oder Rechenschaft über sein Handeln ablegen. Er war bei Freunden und Bekannten untergekommen und hatte auf diese Art den einen oder anderen Kontakt wieder aufgefrischt, ehe es ihn jeweils nach ein paar Tagen erneut fortgezogen hatte. Er finanzierte sich durch Erspartes, so dass er sich keine Gedanken über einen Job machen musste und sich darauf konzentrieren konnte, sein inneres Gleichgewicht wiederzufinden. Nach dieser Auszeit würde er sich mit frischem Elan neuen Dingen widmen können, denn Stillstand war, das wusste er, alles andere als hilfreich.

Er wischte sich mit dem Handrücken trocknend über die Wangen und mit den Fingern durch die Augen, um den Blick wieder zu schärfen. Anschließend erhob er sich, um das Fenster etwas zu öffnen und frische Luft in das Abteil zu lassen, nahm wieder seinen Platz ein, korrigierte kurz seine Sitzposition und schaute bewusst hinaus, wo nun in nicht zu weiter Entfernung beleuchtete Firmenlogos, Bürogebäude, Hallen und Anlagen zu erkennen waren, die von links nach rechts sein Sichtfeld passierten. Er lehnte sich wieder gegen die Scheibe und atmete tief ein.

Und wie durch ein Wunder war sein Kopf plötzlich frei von jeglichen Gedanken. Er saß nur da, betrachtete und wartete auf die Dämmerung, die in einigen Stunden einsetzen und die Welt zu neuem Leben erwecken würde.

## Teil 2 – Neuordnung

„Albert?" fragte Sandra und nahm einen kleinen Schluck des halbtrockenen Rotweins. „Albert?"

Er reagierte nicht. Er saß nur stumm neben ihr auf dem Ast des Trompetenbaums und starrte auf sein abgebrochenes Stück Baguette, das er in der linken Hand hielt, und auf das Stückchen Käse, das in seiner rechten Hand ruhte.

„Hey", sagte sie und stieß ihm leicht mit dem Finger in die linke Seite. Da bemerkte sie, dass Tränen über seine Wangen liefen.

„Weißt du, was weh tut?", fragte er, ohne aufzublicken. Er spielte mit dem Käse und drehte ihn zwischen den Fingern hin und her. „Die Erkenntnis, dass ich nicht mehr zu ihrem Leben gehöre und sie nun eigene Wege gehen wird. Wie vorher auch." Er sah sie kurz an. „Es ist praktisch so, als hätten wir uns nie kennengelernt."

„Du weißt genau, dass das nicht stimmt. Ihr habt euch nicht gestritten und das ist sehr viel wert. Und ich glaube, dass sie kein schlechtes Bild von eurer Beziehung hat. Wieso sollte sie auch?"

„Hmmm..."

Sie wusste, dass ihre Worte nicht helfen würden. Herzschmerz konnte nicht weggeredet werden. Und man gewöhnte sich nicht daran, ob das nun gut war oder nicht. Als Kind verbrannte man sich und weinte. Später verbrennt man sich und flucht herum, anstatt zu weinen. Sie hatte sich nach beendeten Beziehungen oft eine ähnliche Reaktion gewünscht. Auch konnte sie seine Ratlosigkeit nachvollziehen. Hätte einer von beiden den anderen betrogen oder sich neu verliebt, so wäre es ein greifbarer Grund gewesen. Er hatte leider in ihren Augen nichts als schwammige Halbwahrheiten. Sie ging nicht von einer Lüge ihm gegenüber aus, aber ein deutlicheres Gespräch hätte ihm zumindest etwas geholfen, alles besser zu verstehen. Er hatte nicht darauf bestanden, trotz seines Rechts dazu, und konnte sich so auf keinerlei Fakten stützen. Aus Erfahrung wusste Sandra, dass das Spiel mit Schuld und Unschuld das reinste Gift war. Aber war das Gift schlechter als die ungeklärte Frage nach dem Warum? Es war ein wirklicher Teufelskreis an Gedanken, in dessen Mittelpunkt ein gebrochenes Herz lag.

„Scheiße", fluchte er, als ihm der Käse aus der Hand nach unten ins Gras fiel. Ohne sich weiter darum zu kümmern, schaute er sich um.

Der Baum stand auf einer Anhöhe, von der aus man die gesamte Stadt überblicken konnte, die zu allen Seiten hin von grünen Bergen umgeben war. Überall flatterten Schmetterlinge, flogen Insekten und zwitscherten Vögel, während die Stadt ebenfalls in steter Bewegung war: Man konnte fahrende Autos erkennen, sich drehende Kräne auf Baustellen und in der Nähe kleine Fleckchen, die in Häuser gingen, aus Häusern kamen, sich außerhalb trafen oder andere Dinge verfolgten. Der Hügel war bedeckt von einer wilden Wiese, die früher oder später auf Gestrüpp und Hecken traf. Lediglich der Pfad, der nach hier oben führte, war frei von Grün. Der Ort war idyllisch und nur etwa fünf Minuten zu Fuß von Sandras Wohnung entfernt.

„Willst du noch ein Stück?" fragte sie und war halb dabei, in den Korb zu greifen, der links neben ihr in einer Astgabel klemmte.

Ohne die Augen von der Innenstadt auf der linken Seite abzuwenden, die durch ihre alten Kirchtürme und einen markanten Neubau mit verspiegelter Fassade erkennbar war, antwortete er: „Nein, danke. Ich denke, ich würde es nur fallen lassen." Daraufhin lächelte er leicht und blickte kurz zu Sandra, welche das Lächeln erwiderte und einen Schluck Wein nahm. Humor hatte er noch. „Solange im Gesicht noch Platz für ein Lächeln ist, ist nichts zu spät", hatte einmal jemand zu ihm gesagt. Darin lag sehr viel Wahrheit.

„Mit der Neuordnung hast du schon Recht. Bei mir in der WG gehen ja viele Leute ein und aus. In letzter Zeit hat fast jeder von einer Trennung oder einer Krise zu berichten, egal ob in der eigenen oder einer anderen Beziehung. Genau wie in deinem Umfeld. Es ist, als würde jemand die Gefühlskarten neu mischen, um Bewegung in die eingeschlafene Welt zu bringen."

Er biss etwas von dem Baguette ab.

Sie sah zu ihm. „Und vielleicht ist es genau diese Neuordnung, wegen der du durch die Gegend reist und jetzt hier sitzt. Was würdest du in diesem Moment tun, wenn es nicht so gekommen wäre, wie es kam?"

Da war es wieder: *Was wäre wenn?* Doch er ging nicht darauf ein und lenkte vom Thema ab, indem er nach einem Glas Wein fragte.

Er wäre auf jeden Fall glücklicher, dachte sie. Sie stellte ihr Glas vorsichtig in den Korb, nahm das andere nebst der Flasche heraus und füllte es. „Wie lange kennen wir uns schon?" Sie stellte die Flasche zurück, nahm ihr Glas und reichte ihm das andere. „Das sind doch gut und gerne zehn Jahre."

„Das kommt hin", sagte er, glücklich darüber, dass sie den unterschwelligen Hinweis zum Themenwechsel erhalten hatte. „Und wie oft sehen wir uns? Jedes zweite oder dritte Jahr."

Sie lachten.

„Weißt du was?" fragte sie und nahm einen Schluck. Sie sah auf ihre Uhr. Es war kurz nach 20:00 Uhr. „Ehe die Mücken über uns herfallen, sollten wir lieber zurück. Bei einer Freundin von mir steigt heute eine Party. Und genau da gehen wir hin."

Er aß den Rest des Baguettes auf und spülte ihn mit einem Schluck Wein hinunter. Dann nahm er das Glas in beide Hände und klemmte sie leicht zwischen seine Oberschenkel. „Ich weiß nicht, ob ich dazu in der Stimmung bin. Es gibt da bestimmt haufenweise fröhliche Menschen. Und vor allem Pärchen."

„Es wird dich aber aus deinem Schneckenhaus locken und auf andere Gedanken bringen."

Dem konnte er unmöglich widersprechen. Einsamkeit war für ihn nur bedingt gut, da er, wenn er nicht im inneren Gleichgewicht war, dazu neigte, zu viel zu denken. Leider auch die falschen Dinge.

„Möglicherweise wirst du dich sogar amüsieren", fügte Sandra gespielt entsetzt hinzu, trank ihr Glas aus und stellte es in den Korb zurück.

Damit könnte sie richtig liegen, denn es war schon öfters vorgekommen, dass er trotz anfänglicher Zweifel und Proteste Spaß gehabt hatte. Natürlich hatte es Tage gegeben, an denen gar nichts geholfen hatte, aber daran wollte er nicht denken. Er würde freiwillig aus seinem Häuschen kommen, denn er hätte die Reise gar nicht erst unternehmen müssen, wenn es ihm lieber gewesen wäre, mit seinen Grübeleien allein zu sein; davon hatte es in den letzten Tagen und Wochen genug gegeben. Es reichte langsam. Jedenfalls für heute.

Nachdem sein Glas leer und wieder sicher im Korb war, kletterten sie von dem Ast herunter und traten den Weg zurück zu Sandras Wohnung an. Auf dem Trampelpfad, der nach einer Weile von Bäumen gesäumt wurde und an die Miniaturausgabe einer Allee erinnerte, blieben sie stehen, da vor ihnen ein Eichhörnchen auftauchte. Es hielt auf einer der aus dem Erdreich ragenden Wurzeln inne und schaute zu ihnen. Es richtete sich auf und verharrte.

Sandra, die Eichhörnchen zu ihren Lieblingstieren zählte, lächelte und fragte sich dabei, was es wohl dachte, während es schaute und registrierte, von den beiden Riesen beäugt zu werden.

Albert konnte sich noch daran erinnern, wie er einmal auf einem Friedhof sehr zahme Exemplare beobachtet hatte. Die kleinen Racker waren ohne Scheu bis auf einen halben Meter an ihn herangekommen. Er fragte sich nun, ob sie sich diese Eigenart angewöhnt oder ob sie gespürt hatten, dass er ihnen nichts tun würde, da er ein friedvoller Geselle war.

Irgendetwas knackte in der Nähe. Das Eichhörnchen überquerte blitzschnell den Rest des Weges und verschwand links auf einem der Bäume. Kaum war dies geschehen, liefen beide weiter, als hätte eine Ampel auf Grün gewechselt. Als sie den Baum passierten, suchten sie vergeblich nach dem Tier. Es war verschwunden.

Die Party fand in einem großen Altbau statt, welcher ausschließlich von Studenten bewohnt wurde. Die Türen in und zu allen Wohngemeinschaften des Hauses standen offen, das Treppenhaus war voller Menschen und Besucher gingen ein und aus. Selbst der Keller schien belagert zu sein. Überall ertönte verschiedenste Musik – ob nun aus einer Anlage oder von einer Akustikgitarre – und hörte man Stimmen und Geräusche. In der Luft lagen die Gerüche von Rauch, Parfum, Alkohol und Essen, das in der einen oder anderen Küche mehr oder minder spontan zubereitet wurde, ob nun frisch oder aus dem Tiefkühlfach heraus; es war ein anregendes Chaos.

Albert mochte Partys nicht sonderlich, auf denen er niemanden oder kaum eine Person kannte, doch schien er diesmal nicht der einzige zu sein, dem es so ging. Er sah nicht wenige, die offenbar planlos ohne Gegenüber an ihrem Platz standen, lehnten, hockten oder saßen, und sich an ihre Flasche, ihr Glas, ihre Zigarette oder ihren Teller klammerten. Er nahm nicht an, dass alle von ihnen auf jemanden warteten.

Es dauerte nicht sehr lange, bis Sandra die ersten ihr bekannten Gesichter sah oder sie von ihnen entdeckt wurde. Nach einigen kurzen Gesprächen entschied Albert, sich allein umzusehen, da er sich sonderbar dabei vorkam, herumgeführt und immer neuen Leuten vorgestellt zu werden, deren Namen ihm binnen 10 Minuten wieder entfielen und sich in seinem Kopf rauchgleich auflösten. Er konnte auch den drei oder vier Gesichtern keine Namen mehr zuordnen, die er von früheren Besuchen her kannte.

„Ich glaube, ich schaue mich mal eine Runde um", sagte er zu Sandra in dem Augenblick, in welchem sie eine Flasche Bier öffnete, während er noch überlegte, ob er lieber zu einem Plastikbecher greifen und ihn mit Wein füllen sollte oder nicht.

„Bist du dir sicher?" fragte sie, da sie wusste, dass er den Hang dazu hatte, sich einfach in eine Ecke zu setzen und schweigend zu beobachten.

Er nickte. „Zur Not habe ich deine Handynummer, sollte ich dich in dem Trubel nicht mehr finden können."

Sie legte den Flaschenöffner auf den Tisch zurück, wo ihn sogleich ein junger Mann griff, um damit drei Flaschen zu öffnen. Sie warf den Kronkorken zu den anderen unter den Tisch und lächelte Albert zu. „Es ist schön, dass du wieder mal hier bist."

Er hatte sich für einen herumstehenden und bereits offenen Weißwein entschieden, welchem er vom Etikett her nicht ansehen konnte, ob er lieblich war oder nicht. Auch das Herkunftsland blieb ihm verborgen. Er sah Sandra an und zog zeitgleich einen Becher aus einer Packung. Mit einem beiläufigen Tonfall meinte er: „Ich finde es schön, hier nicht auf der Straße übernachten zu müssen."

Sie schätzte seinen Humor. Sie legte ihm kurz die Hand auf die Schulter, meinte lachend: „Du mich auch", ehe sie in der Menschenmasse verschwand, in der sie eine Freundin ausgemacht hatte.

Albert kippte einen Schluck in den Becher, kostete und stellte fest, dass der Wein nicht trocken war. Er füllte bis zur Hälfte nach, ließ den Tisch hinter sich und schlenderte weiter.

Es war bereits nach 00:00 Uhr, wie er überrascht feststellte, als er überlegte, sich zum dritten Mal den Becher zu füllen. Er hatte sich auf einer der Treppen niedergelassen, von welcher aus er die Leute beobachtete, wie diese von A nach B liefen, und dabei der Musik und den zahllosen Stimmen lauschte.

Plötzlich hielt ihm jemand eine volle Wein-
flasche in das Sichtfeld und setzte sich neben ihn.
Er sah nach rechts und erblickte ein herzliches
Lächeln.

„Hallo", sagte sie und schenkte ihm ohne zu
fragen ein. „Du trinkst offenbar gerne Wein, wie
ich beobachtete." Im Anschluss daran füllte sie
ihren Becher. „Schon blöd, dass keine Gläser auf-
zutreiben sind. Ich habe es in jeder verdammten
Küche versucht. Es ist nichts zu machen."

Etwas überrascht wusste er zunächst nicht, was
er sagen sollte, doch dann führte eines zum anderen, und ehe er sich versah, unterhielten sie
sich, lachten und leerten gemeinsam Becher um
Becher. Und wenngleich er nicht wusste, ob es
vermeidbar gewesen wäre, landeten sie doch beim
Thema Beziehungen – welches in Kombination
mit Alkohol und seiner seelischen Verfassung ein
ungünstiger Stoff war.

„Seit der Trennung weiß ich aber, was ich von
einem Partner erwarte, weil ich genügend Zeit
hatte, darüber nachzudenken", sagte sie. Sie hieß
Julia, hatte schwarze Haare, die ihr glatt bis zu
den Schultern fielen, grüne Augen und ein wirklich schönes Gesicht. „Ich meine, ich habe es auf-
gegeben, nach dem perfekten Mann zu suchen. Es
gibt ihn eh nicht. Und es wäre langweilig und un-
fair, denn ich bin auch nicht perfekt. Aber wer ist
das schon?" Sie sah von ihrem Becher auf und
nahm einen Schluck.

„Man neigt eventuell dazu, sich in eine Idee zu
verrennen", meinte er.

„Da hast du wohl Recht." Sie seufzte. „Es ist seltsam, wie sich alles entwickelt und verändert. Einige Dinge werden niemals wieder so sein, wie sie mal waren. Nie wieder. Erst tut sich eine kleine Kluft auf und ehe man realisiert, was passiert ist, treibt man irgendwo einsam auf einer Eisscholle durch das Meer des Lebens."

„Einsam. Ja. Von heute auf morgen fehlt etwas sehr Wichtiges."

„Vor allem, wenn man gemeinsame Pläne hatte. Ich wollte mit ihm zusammenziehen und hatte im Grunde genommen die gesamte nähere Zukunft an ihn geknüpft. Und dann stand ich alleine da."

„Wie ich, nur dass wir vorerst die getrennten Wohnungen beibehalten wollten, weil wir uns keine größere gemeinsam leisten konnten. Praktisch zwei Paare mit unterschiedlichen Plänen und am Ende mit dem gleichen Schicksal."

Sie sagte nichts, sondern wirkte gedankenverloren. Offenbar hatte der Alkohol auch bei ihr die Melancholie hervorgelockt.

Sie hatte ihren Exfreund letztens angerufen und ihr war vor dem Telefonat vor lauter Aufregung richtig schlecht gewesen. Da blickte man auf eine Beziehung zurück und dann drehte man innerlich wegen eines Anrufs durch. Schon schlimm, dass sich Dinge so schnell ändern können; und einen noch unfreiwillig an die Aufregung während des Verliebtseins erinnern, wenn man sich nicht recht traut, den Hörer in die zittrige Hand zu nehmen und das erste Telefonat zu führen. Man kommt sich dabei dämlich vor, bis man quasi die eigene Geschichte von einer anderen Person erzählt bekommt. Es war seltsam und es würde seltsam bleiben. Und sie würde weiter darüber nachdenken, wie so viele vor ihr.

„Ich sollte langsam gehen", brach Julia die Stille zwischen ihnen, trank ihren Becher aus und stellte ihn neben ihre Füße auf die Treppenstufe.

Albert nickte, denn die Idee war nicht schlecht, da er bereits die Müdigkeit fühlte, er noch Sandra suchen musste und sie beide bis zur Nachtruhe einen Fußmarsch von über einer halben Stunde vor sich hatten.

„Ich gehe schnell noch einmal für kleine Mädchen, also lauf nicht zu weit weg", sagte sie, lächelte, stand auf und stieg die zwei Stufen zur nächsten Etage hinauf, wo sie in die linke Wohnung einbog.

Er schenkte sich den Rest aus der Weinflasche ein und fragte sich selbst, ob er Sandra suchen oder sie einfach von hier aus anrufen sollte. Und ehe er eine Antwort finden konnte, kam Julia zurück und drückte ihm über seine Schulter hinweg einen Zettel in die Hand.

„Meine Nummer. Ruf mich bei Gelegenheit einmal an, ja?"

Er nickte, stellte den Becher ab und erhob sich. „Gerne. Und danke sehr." Mehr wusste er vor lauter Überraschung nicht zu sagen. Zu Beginn hatte er nicht wirklich damit gerechnet, hier jemanden zu finden, mit dem er sich hätte unterhalten können. So wurde ein weiteres Mal bewiesen: Erstens kommt es anders und zweitens als man denkt.

Sie verabschiedeten sich mit einer Umarmung, welche von Julia ausging, wonach sie die Treppe hinab lief, nochmals kurz winkte und dann verschwand.

Er blickte auf den Zettel, erkannte eine Mobilfunknummer, holte sein Handy hervor, ohne sich zu setzen, und speicherte die Nummer, denn wie er sich kannte, würde er den Zettel schnell verlegt haben.

Just in dem Moment, in welchem er die Nummer von Sandra wählen wollte, stand sie auch schon vor ihm.

„Du hattest ja offenbar einen tollen Abend", sagte sie grinsend. Ihre leuchtenden Wangen verrieten, dass sie einiges getrunken hatte. „Ich habe euch gesehen."

„Ja, wir haben uns wirklich gut unterhalten." Er zog ungläubig die Augenbrauen nach oben und steckte das Mobiltelefon ein. „Sie gab mir sogar ihre Nummer."

„Das ist doch super!" Sie boxte ihm leicht gegen die Schulter, leerte mit dem letzten Schluck ihre Bierflasche und stellte diese neben den Becher von Julia. „Wir sollten uns dann wohl langsam auf den Weg machen. Oder was meinst du?"

„Also ich habe nichts dagegen", war seine Antwort. „Ich wollte dich gerade anrufen."

Er ließ seinen unausgetrunkenen Becher auf der Treppe stehen und trat mit Sandra den Rückweg an.

Den Weg über schwiegen sie hauptsächlich. Für Albert war eine Stadt bei Nacht etwas Besonderes, da der Kontrast zum Tagesgeschehen sehr stark war; im Licht lärmend und stinkend und im Dunkel nahezu lautlos und erfüllt von dieser eigentümlichen Luft. Er nutzte die Stille, um in sich gekehrt den Abend nochmals Revue passieren zu lassen.

Sandra hingegen beobachtete den Sternenhimmel und registrierte, dass der Lauf ihren Geist belebte und die vom Bier gespendete Leichtigkeit in ihren Bewegungen dämpfte. Dafür machte sich mehr und mehr die Müdigkeit bemerkbar. Sie fand es gut, dass sich Albert nicht verkrochen und in seinem Trübsal gewälzt hatte. Ihr Blick glitt bei diesem Gedanken zu ihm und sie musste schmunzeln, denn nun war er es, der unbeirrt hinauf zum Firmament schaute.

# Teil 3 – Schlaflos

Ein Schatten. Damit war am ehesten das zu beschreiben, in was er sich laut anderen Meinungen zu verwandeln drohte. Und irgendwie hatten sie Recht. Seit über drei Wochen wachte er nach maximal zwei bis drei Stunden Schlaf auf, und wenn er den Weg zurück fand, war die Ruhe nicht von längerer Dauer. Er hatte jedoch festgestellt, dass er durchschlafen konnte, wenn er nicht allein im Raum war – leider ohne plausible Erklärung. Zu diesem anhaltenden Schlafmangel gesellte sich der Umstand, kaum ein Hungergefühl zu verspüren. Er musste sich daher ans Essen erinnern und dazu zwingen. Das alles, kombiniert mit der nervlichen Anspannung, war der Grund dafür, dass er innerhalb von kurzer Zeit manches an Gewicht verloren hatte und sich kraftlos und nahezu ununterbrochen müde fühlte.

Er stand in Shorts und T-Shirt auf dem Balkon, lehnte mit den Unterarmen auf dem Geländer und nahm einen Schluck aus der Bierflasche, die er hielt. Der angenehme Nachtwind ließ die Kronen der Bäume vor dem Plattenbau rauschen und streichelte seine Haut mit einem sanften Schauder. In der Ferne konnte er einen vorüberfahrenden Wagen hören, während er im Block gegenüber drei Fenster zählte, hinter deren zugezogenen Vorhängen noch Licht brannte. Er fragte sich, was die Personen wohl machten, denn es war Mittwoch und schon weit nach 2:00 Uhr. Möglicherweise stand dort drüben jemand auf dem Balkon einer stillen und in Dunkelheit gehüllten Wohnung und schaute wie er lautlos betrachtend in die Nacht.

In den letzten Wochen hatte er Ablenkung zur Genüge erfahren, doch wenn er ehrlich zu sich selbst war, so musste er zugeben, dass seine Gedanken noch immer um die Trennung kreisten – wie ein Insekt um ein Licht. Er konnte zwar das Schwinden und Abkühlen der Flamme spüren, eine wirkliche Linderung hingegen lag noch in weiter Ferne. Er bewegte sich nur sehr langsam voran, das allerdings mit stetem Schritt.

„Du denkst zu viel nach", sagte eine Stimme.

Albert sah über seine linke Schulter, wo er auf der kleinen Couch, welche vor dem Fenster auf dem Balkon stand, einen Schatten sitzen sah.

„Du hast mich nicht einmal kommen gehört." Robert, der sich nach seiner Rückkehr ebenfalls ein Bier aus dem Kühlschrank geholt hatte, atmete tief durch und sog die Ruhe regelrecht in sich hinein. „Weißt du, es ist ewig her und ich lebte damals noch nicht hier. Es war fast die gleiche Situation, wie jetzt bei dir, nur dass sie mich betrogen und ich es herausgefunden hatte. Mit meinem angeblich besten Freund. Habe ich dir die Geschichte nie erzählt?"

Albert schmeckte bewusst das herbe Bier. Er hatte Bier bisher gar nicht gemocht, aber in letzter Zeit verspürte er mehr den Wunsch nach einer Flasche Gerstensaft als nach Wein. Vielleicht war das der Beginn einer geschmacklichen Wandlung, denn als Kind hatte er eine Abneigung gegen Senf gehabt. Mittlerweile konnte er für ihn gar nicht scharf genug sein.

Er konnte sich nicht erinnern, ob Robert ihm die Sache schon einmal geschildert hatte oder nicht. Und er hatte auch nicht sonderlich die Lust dazu, nun in seinem Gedächtnis zu suchen. Also sagte er einfach: „Ich glaube nicht."

Robert nickte. Er nahm einen Schluck, lehnte sich zurück, streckte die Beine aus und schloss die Augen „Jedenfalls trennten wir uns und ich zog aus, da die Wohnung auf ihren Namen lief. Es folgte ein zielloses Hin und Her und am Ende fand ich meinen Wunsch, anderen Menschen zu helfen. Und so wurde ich Altenpfleger. Worauf ich damit hinaus möchte: Letztendlich hat wohl alles seinen Sinn, ob wir das nun sofort erkennen oder erst später. Es kann ja sein, dass die Trennung stattfinden musste, um den Weg zu einem Beruf zu finden, der mich glücklich macht."

Albert hörte kommentarlos zu.

„Das Wissen, worin der eigene Weg liegt, ist nicht so vergänglich wie eine zwischenmenschliche Beziehung." Robert lachte kurz. „Ich komme mir eben vor, als wäre ich ein alter Samurai, der am Sterbebett seine Lebensweisheiten zum Besten gibt. Kann aber sein, dass mein Gerede mindestens so billig ist wie das Bier."

„Prinzipiell hast du ja Recht."

„Lass die Zeit ins Land ziehen und schau weiter. Mehr kannst du nicht machen. Sie ist ein Teil deiner Vergangenheit, ob du willst oder nicht. Nicht falsch verstehen, denn ich meine das so, dass die Beziehung vorbei ist und nicht, dass du es irgendwie bereuen musst."

„Das ist klar."

„Und frag dich ja nicht, wie ich damals, wann und ob du wieder eine Freundin haben wirst. Und suche gar nicht erst nach einer, denn das werden dann nur Sachen sein, die auf längere Sicht nichts taugen."

„Das hatte ich schon."

„Solche Erfahrungen muss jeder für sich machen. Aber, um wieder auf das Thema zu kommen: Suche nicht, sondern lasse dich finden." Er nahm einen Schluck. „Ich höre mich echt an, wie ein alter Mann, der vom Leben Ahnung hat."

„Na, du kannst deine Erkenntnisse ja teilen, aber am Ende läuft es darauf hinaus, dass man die Fehler oft selbst machen muss, um einen höheren Lernerfolg zu haben. Der Mensch ist wohl so."

„Das klingt pessimistisch."

Lachend entgegnete Albert: „Logisch."

Robert gähnte frei und laut heraus. „Sag mal, bist du gar nicht müde?"

„Doch, aber ich kann nicht einschlafen."

„Dann grüble nicht herum."

„Wenn ich einen Schalter hätte, der meine Gedanken abstellt, dann hätte ich ihn längst gedrückt."

Robert nickte und hielt die Augen weiterhin geschlossen. „Das würde jeder tun. Außer die Dummen, denn die denken ja nicht."

„Die müssen es gut haben", sagte Albert. „Wobei ich das nun aus meiner Sicht heraus so einfach sagen kann. Da ich aber drüber nachdenke, weiß ich nicht, wie sie damit umgehen."

„Sie sind vielleicht meistens einfach glücklich und leben in den Tag hinein. Aber im Grunde ist es mir vollkommen egal."

Sie unterhielten sich noch eine Weile. Robert holte zwischenzeitlich für jeden noch insgesamt drei Bier. Bei Sonnenaufgang fielen ihm auf dem Balkon die Augen zu, nachdem sich Albert ins Wohnzimmer zurückgezogen hatte, um zu versuchen, auf der dortigen Couch Schlaf zu finden, was ihm dank des Alkohols glückte.

## Teil 4 – Der Regen

Er blickte auf sein Handy. Es gab keine neue Nachricht und keinen verpassten Anruf. Sie meldete sich nicht bei ihm. Anfangs hatte es ihm weh getan, doch nun war er froh, nichts von ihr zu hören, und das aus dem einfachen Grund, weil es einen erneuten Einfluss auf seine Gefühle und sein Denken gehabt hätte. Auch der Schmerz war im Laufe seiner Reise abgeklungen. Die leise Hoffnung, ein Fleckchen in ihrem Herzen und – oder – ab und an in ihren Gedanken zu haben, war einer wohligen Gleichgültigkeit gewichen. Seine Tränen waren getrocknet und kamen lediglich zurück, wenn er getrunken hatte oder zu lange mit sich allein war. Da er einen Hang zur Melancholie in sich trug, war der Genuss von Alkohol stets eine Gratwanderung zwischen Heiterkeit und einem Irrweg hinein in das Grau. Aber er war froh darüber, denn nichts ist schlimmer als jemand, der im betrunkenen Zustand zur Aggression neigt. Stille und Traurigkeit verursachten wenigstens keine Sachschäden oder Prellungen.

Er steckte das Mobiltelefon zurück in seine Jackentasche und zog deren Reißverschluss zu. Sein Blick glitt wieder hinaus in den trüben Tag.

Die Regentropfen trafen auf die Scheibe und wanderten in kleinen Rinnsalen nach rechts unten, während die Wälder vorüberzogen. Das Unterholz war derart in Nebel gehüllt, dass man hätte annehmen können, die Wolken, die zwischen den hoch aufragenden Baumkronen als ein tagüberspannendes, dunkelgraues Leichentuch zu erkennen waren, wären dem Himmel mit all ihrem Wasser zu schwer geworden und in Folge dessen zu Boden gesunken. Jenseits des Fahrzeugs dominierten Kälte, Schatten und fahler Schein. Die Sonne versuchte ab und zu vergeblich, gegen den Dunst und die Wolken anzukämpfen, doch brachte sie es nur zu einem schwach sichtbaren Glühen außerhalb des Blickfeldes irgendwo hinter den Wäldern.

„Wohin genau bist du denn unterwegs?" fragte der Fahrer und schaute kurz nach rechts zu Albert.

Der Mann war auf der Durchreise und hatte Albert vor geraumer Zeit mitgenommen, nachdem er ihn im Regen am Rande der Landstraße hatte laufen sehen. Er transportierte Holz auf zwei Anhängern und war durch seine dürre Erscheinung das genaue Gegenteil vom Klischeebild des gut beleibten Fernfahrers. Vielleicht war er auch noch nicht lange genug dabei, man konnte es nicht sagen.

„Wenn ich das wüsste", war die schlichte Antwort.

Der Kerl lachte. „Aha, ein zielloser Wanderer."

„Nicht ganz, aber fast", gab Albert zurück und kramte aus seinem Rucksack, welcher sich im Fußraum zwischen seinen Beinen befand, einen Straßenatlas hervor. Er schlug ihn auf der Seite auf, welche er mit dem dazugehörigen Kassenzettel markiert hatte. Er suchte schnell die letzte Stadt als Orientierung und die Straße, auf welcher er gelaufen war und die sie noch immer gemeinsam befuhren. „Die nächste Stadt ist ideal."

„Kein Problem." Er sah in den Seitenspiegel, wo ein Kleinwagen den Blinker setzte und aus dem aufgewirbelten Spritzwasser des Lasters kam, um zu überholen. „Die sehen nichts und überholen trotzdem. Als hätten sie einen verdammten Termin mit ihrem Börsenmakler. Dann verlieren sie in einer Pfütze die Kontrolle und fahren gegen einen Baum oder in einen anderen Wagen und dann ist das Geheule bei den Angehörigen groß. Die Blödheit, die dazu führte, die interessiert dabei keinen. Zum Kotzen ist das."

„Genau wie Fahrradfahrer, für die kein Rot gilt", sagte Albert, der dem Wagen nachschaute und den Atlas zurück in den Rucksack zwängte.

Nachdem er sich in einem Café bei einem heißen Tee etwas aufgewärmt und die Karte nochmals studiert hatte, hatte er sich von der Bedienung eine Wegbeschreibung aus der nicht detailliert verzeichneten Stadt geben lassen und war aufgebrochen, um die Regenpause bestmöglich zu nutzen.

Im Laufe der vergangenen Wochen hatte er mehrmals versucht, Julia anzurufen, doch war sie erst vor vier Tagen an das Telefon gegangen. Seine vergeblichen Anrufe täten ihr leid, aber es hatten zu viele Erledigungen gewartet, weshalb sie nicht die Zeit gefunden hatte, sich bei ihm zu melden. Sie war sehr erfreut darüber gewesen, von ihm zu hören, was ihre Stimmlage verraten hatte.

Die Wolkendecke war stellenweise aufgerissen und zeigte darüber kleine, blaue Ausschnitte des Himmels. Die Sonne strahlte vereinzelt, ehe sie wieder verschwand, und ließ dabei das Nass heiter funkeln. Es stand jedoch schon fest, dass dieser Zustand nicht sehr lange anhalten würde, da sich am Horizont bereits die nächsten dunklen und leider auch lückenlosen Wolken ankündigten.

Nach etwa einer Stunde war er an der Straße angekommen, welche ihm Julia beschrieben hatte, um nach einer weiteren halben Stunde in einem alten Bushäuschen Schutz vor dem einsetzenden Regen zu suchen.

Das Wasser prasselte nieder und kühlte die Umgebung blitzschnell noch stärker ab, was gerade mitten im Wald deutlich spürbar wurde und Alberts Atem nebelgleich vor ihm aufsteigen ließ. Links von ihm tropfte es unregelmäßig von einem der Dachbalken auf die alte Holzplatte, welche die Sitzgelegenheit darstellte. Er blickte von der Stelle auf und sah sich um. Das Häuschen war von innen heruntergekommener als von außen; hier und da ragte Unkraut durch das Holz in den Raum, welcher seinen Verfall offen zur Schau stellte.

Albert fragte sich, ob es in der Gegend wilde Tiere gab, die ihm gefährlich werden konnten, wenn er die Nacht hier verbringen würde. Es war zwar eine Gedankenspielerei, denn er rechnete nicht wirklich damit, dass der Regen bis weit hinter die Dämmerung andauern würde, aber er fand sich beim Tosen des Windes schnell bei einer weiteren *Was-wäre-wenn*-Frage wieder. Er kam zu dem Schluss, dass er sich höchstens erkälten würde, falls es noch nicht geschehen war. Ferner vertraute er auf die Bedienung aus dem kleinen Café, welche ihn hoffentlich vor Bären und anderen Raubtieren in der Umgebung gewarnt hätte. Er bereitete diesem Sinnen ein jähes Ende, indem er in seine Tasche griff und das Handy herausholte, um zu sehen, ob der Akku noch ausreichend geladen war, um im Fall der Fälle Julia anzurufen. Er war noch halb voll.

Draußen wurde es langsam dunkler und seine Gedanken machten sich parallel dazu auf, einen Streifzug durch die sich kürzlich zugetragenen Ereignisse anzutreten, welche so mannigfach gewesen waren, dass er sie nur langsam verarbeiten konnte. Ihm kamen Gespräche und Szenen in den Sinn, ungeordnet wie fallende Blätter im Wind; und ehe er eines davon greifen konnte, wurde er aus seiner Ruhe gerissen, da ein roter Kleinwagen von links nacht rechts durch sein Blickfeld fuhr. Dann hörte er, wie der Wagen bremste und zu ihm zurückkam.

Ein Mann, der unverkennbar asiatisches Blut in sich trug, kurbelte das Beifahrerfenster herunter und lächelte. „Du musst Albert sein", sagte er mit fröhlicher Stimme.

Albert war irritiert, denn woher kannte die ihm unbekannte Person seinen Namen? Und woher wusste der Typ, dass er sich in dieser Gegend aufhielt? Doch keinen Wimpernschlag später sah er, wie sich Julia nach vorn zum Lenkrad beugte und an dem Mann vorbei blickte.

„Da hast du dir ja wirklich tolles Wetter für deinen Besuch bestellt", scherzte Julia. „Spring rein!"

Der Mann öffnete die Wagentüre, stieg aus und klappte den Sitz nach vorn.

Zeitgleich griff Albert seinen Rucksack und lief zum Wagen.

„Ich bin Yuuki", sagte der junge Mann und reichte ihm die Hand.

„Mich nennt man Julia", kicherte sie, während es sich Yuuki hinten im Wagen bequem machte.

„Und ich bin überrascht", sagte Albert, angesteckt von der fröhlichen Stimmung, die von den beiden ausging; wetterfühlig schienen sie jedenfalls nicht zu sein.

„Gib mir deinen Rucksack, hier ist noch Platz", sagte Yuuki und nahm ihn entgegen, um ihn neben sich zu legen. Dann klappte er den Sitz zurück, um Albert den Einstieg zu ermöglichen.

Kaum saß dieser im Wagen, spürte er die warme Luft, die wohltuend aus der Lüftung strömte. Er wischte sich das Wasser, das ihm vor dem Auto ins Gesicht geregnet hatte, mit dem Handrücken von Stirn und Nase.

Julia schaute ihn an und sagte: „Das lief ja klasse!"

„Ja, vor allem war ich nur einen Katzensprung von dem Häuschen weg, als es wieder losregnete.

Ich bekam heute schon mehr als genug Regen ab."

„Es soll bald wieder schöner werden", erklärte Yuuki von hinten.

Albert schwieg und sah nach vorn, wo sich die kerzengerade Straße im Regen und im Nebel verlor.

„Dann wollen wir mal, denn ich habe Hunger!" Daraufhin legte Julia den ersten Gang ein und setzte die Fahrt fort.

# Teil 5 – Die Stadt

Nachdem der Regen Albert spät nachts in einen traumlosen Schlaf gesungen hatte, erwachte er gestärkt und fühlte sich, als wäre der verloren gegangene Boden wieder unter ihm; vielleicht noch etwas marode, doch tragfähig genug, um stehen bleiben und in Ruhe nach vorn schauen zu können.

Ein Blick aus dem Fenster des kleinen Zimmers, welches man ihm gegeben hatte, zeigte eine graue Wolkendecke und eine Sicht, die nicht ganz so trüb war wie am Tag zuvor, zugleich aber nicht wirklich im Einklang mit seiner guten Laune stand. Er konnte alte Häuser ausmachen, Straßen und hier und da einzelne Bäume. Die Häuser waren zum Teil verfallen und boten Pflanzen ebenso einen Lebensraum wie der Platz zwischen den Pflastersteinen, wo allerlei Grünes wuchs, um sich immer weiter auszubreiten und den von den Menschen einst geraubten Raum wieder zu übernehmen. Er war sich sicher, dass dieses Szenario an einem sonnigen Tag wundervoll aussah.

Nachdem er sich ausreichend warm angezogen und festgestellt hatte, dass im ganzen Haus niemand außer ihm war, trat er hinaus auf die Straße, um sich bei einem kleinen Spaziergang einen Überblick über den Ort zu verschaffen.

Ihm fielen sofort zwei Dinge auf: Zunächst war da die vollkommen reine Luft mit einem Hauch von Salz, den der mal leichte und mal stürmische Wind mit sich führte. Überraschender als die vermeintliche Nähe zum Meer war die Tatsache, dass er außer dem gelegentlichen Tönen des Windes und den Schreien einiger Vögel nichts anderes hören konnte. Absolut nichts. Nur diese beiden Klänge und die friedliche Stille, die dahinter zu liegen schien.

Er freute sich, denn es war leider zu oft der Fall gewesen, dass er bewusst die Ruhe gesucht, sie aber nicht gefunden hatte. Es lag am Klang der Zivilisation; das mehr oder minder deutliche Dröhnen einer Autobahn in der Ferne oder das Geräusch eines Sportflugzeuges am Himmel. Deshalb war dieser erste Eindruck wie ein Begrüßungsgeschenk, das ihm der Ort kommentarlos überreichte, um ihn willkommen zu heißen ...

Die kleine Stadt – oder das größere Dorf, je nach Standpunkt – war grob betrachtet kreisförmig und von einer etwa fünf Meter hohen und rund vier Meter dicken Mauer umgeben, die begangen werden konnte. Es gab einen Friedhof mit einer Kirche, einen Park, ein Anwesen, das abgetrennt hinter einer Mauer lag, ein Gebiet, wo man die Grundmauern abgebrannter Gebäude vorfinden konnte, und jenen Teil, wo Albert in einem der dortigen Häuser die Nacht verbracht hatte. Durchzogen wurde alles von breiten Wegen, schiefen Pfaden, unscheinbaren, gepflasterten Gassen und von Straßen. Es war unübersehbar, dass man schon vor vielen Jahrzehnten damit begonnen hatte, die Stadt sich selbst zu überlassen. Natur, Zeit und Wetter konnten die Ungestörtheit nutzen, ihr Werk zu verrichten.

Ungefähr in der Mitte der Stadt gab es einen Platz mit einem Brunnen, auf welchem sich ein lebensgroßer Pegasus aus einst weißem Marmor in die Lüfte erhob. Einer der Flügel lag jedoch zerschmettert im bis auf wenige Blätter leeren und rissigen Brunnenbecken, ebenso wie einer der Vorderläufe. Man konnte nicht ganz ausmachen, ob das Tier von einer Wassersäule getragen wurde oder aus dieser hervorbrach. Es war eine trotz der Verwitterung beeindruckende Arbeit mit zahlreichen Details und einer Spannung, welche das Material förmlich zum Leben erweckte. Auf dem Rand des Beckens konnte man die Himmelsrichtungen ablesen, welche in den Stein gehauen waren und verrieten, dass sich das Stadttor im Süden befand – wohin auch der Pegasus strebte –, das Anwesen im Osten, der Park grob im Nordosten, die zerstörten Häuser im Nordwesten, das Haus mit Alberts Zimmer im Südosten und der Friedhof im Südwesten.

Überall in der Stadt war Grünes zu sehen, ob nun Gras und kleine Triebe in einer Dachrinne, Moos und Kletterpflanzen an Mauern oder ein ganzer Baum mitten auf einer Straße oder in einem Haus, dessen Dach eingestürzt war. Egal wohin sie schweiften, die Augen entdeckten immer wieder Neues und wurden von den Bildern gefesselt.

Albert blickte sich verwundert im Licht der Sonne um, die sich während seines Rundgangs in der Stadt immer weiter durch den Dunst gebrannt und diesen dann vertrieben hatte, bis der blaue Himmel über seinem Kopf erstrahlte. Die erste Feststellung war, dass eine schätzungsweise 30 Meter lange Steinbrücke das Stadttor mit der Straße verband, über die er am Vortag angereist war. Die zweite Beobachtung betraf die Wellen, die sich unter ihm brachen – in einer Tiefe von etwa 100 Metern, von wo es das Tosen schwer hatte, gegen das Rauschen des Meereswindes anzukämpfen. Wo die Straße in die Brücke überging, endete das Land an einer nahezu senkrecht abfallenden Wand, die sich kerzengerade nach links und rechts erstreckte und irgendwo in der Ferne verlor. Der Wald wurde von dieser Kante durch einen relativ schmalen Streifen von fünf bis sechs Metern Breite getrennt, auf dem nur Gras wuchs, das tapfer dem Wind trotzte.

Die Stadt selbst ruhte auf einem augenscheinlich massiven Felsen mit der groben Form eines Zylinders, dessen Mantelfläche – wie die Klippen – steil in das Meer abfiel. Außerhalb der Stadtmauer bot die ebene Oberseite umlaufend im Durchschnitt einen Rand von zirka drei Metern, auf dem vereinzelt einfache Pflanzen zu finden waren.

Er beugte sich von der Balustrade der Brücke zurück und blickte nach links, wo die Straße in den Wald führte. Von dort aus näherte sich eine Person auf einem Fahrrad, von der er anfangs nicht sagen konnte, um wen es sich dabei handelte. Binnen weniger Sekunden erkannte er Walther, der sich bereits am Vorabend kurz vorgestellt hatte. Sie waren sich an der Haustüre begegnet; Walther wollte hinaus und Albert hinein.

„Albert, oder täuscht mich mein Gedächtnis?" fragte der Mann lächelnd, hielt und stieg von dem Fahrrad ab, das so alt zu sein schien, dass man den Rost im Zusammenspiel mit der roten, abblätternden Farbe als Designelement verstehen konnte.

„Ja, der bin ich", erwiderte Albert und drehte sich um. Er wartete kurz, bis Walther das Rad gegen die Brüstung gelehnt hatte, um ihm die Hand reichen zu können.

Er schätzte den Mann auf mindestens 55 Jahre, eventuell 60 oder knapp darüber. Er trug ein dunkelbraunes Barett, eine dunkelbraune Kordhose, hellbraune, bereits stark abgewetzte Lederschuhe, einen langen, schwarzgrauen Mantel aus grobem Stoff, einen dunkelgrünen Schal, der mehrmals seinen Hals umwickelte, und schwarze Lederhandschuhe, die er nach dem sicheren Abstellen des Fahrrads auszog und beide in die linke Tasche des Mantels steckte. Ferner trug er eine Brille, graues, gewelltes Haar, das unbedeutend kürzer als schulterlang war, und einen grauen, stoppeligen Bart. Er wirkte wie eine Mischung aus Professor und Künstler.

Er gab Albert die Hand. „Walther von Rosendorn. Sehr erfreut, dich nochmals nicht zwischen Tür und Angel in Ruhe begrüßen zu können.

Nenne mich einfach Walther, wie die anderen auch." Er sah kurz zum Stadttor, welches geschlossen aber durch die darin eingelassene, momentan offene Türe passierbar war. „Sind sie wieder zurück?"

„Ach, deshalb traf ich niemanden. Ich hatte mich schon gefragt, wo alle abgeblieben sind." Ihm war sogar die Möglichkeit durch den Kopf gegangen, dass an der gesamten Situation etwas ganz und gar nicht stimmen konnte. Zwar waren ihm bisher vom ersten Auftreten her alle sympathisch, doch sagte genau das reichlich wenig über die Menschen aus, die er seit nicht einmal 24 Stunden kannte. Serienmörder sollen mitunter überaus redegewandt und darin geübt sein, ihre Opfer zu täuschen und in falscher Sicherheit zu wiegen, nur um dann zuzuschlagen. Diesen Gedanken hatte er aber nach kurzer Zeit wieder fallen gelassen, denn immerhin hatte er die Nacht überlebt und während seines Spaziergangs nicht den Eindruck gehabt, beobachtet zu werden. Zudem hätte es in der offenkundigen Abgeschiedenheit für ihn keinen Sinn ergeben, ihn nicht gleich zu töten und obendrein frei herumlaufen zu lassen. Und er glaubte nicht daran, dass das alles zu einem Spiel gehörte, von dessen tödlichem Ausgang nur er noch nichts wusste.

„Yuuki müsste sich irgendwo herumtreiben, wenn mich nicht alles täuscht. Aber um jemanden problemlos zu finden, ist die Stadt dann doch nicht klein genug." Er lachte und lehnte sich rechts von Albert gegen die Brüstung.

Die blendende Morgensonne strahlte ihnen in die Gesichter und zwang sie dazu, ihre Augen zu kleinen Schlitzen zusammenzukneifen. Die angenehme Wärme, die sie spendete, machte diesen Umstand aber wieder wett, zumal die Meeresbrise recht kühl war.

Albert sah über seine linke Schulter hinab in die Tiefe und hoffte auf die Stabilität der Balustrade.

„Keine Sorge", beschwichtigte Walther, der den besorgten Gesichtsausdruck zwar nicht sah, sich aber gut vorstellen konnte, was Albert durch den Kopf ging, da es nicht das erste Mal gewesen wäre, dass jemand Zweifel an der Statik hatte. „Die gesamte Brücke ist durch eine Stahlkonstruktion auf der Unterseite und durch Armierungen verstärkt. Auch in die Brüstung wurden Eisenstangen eingelassen. Wenn du dich genau umsiehst, kannst du die Stellen sehen, denn sie wurden mit dunkler Spachtelmasse verschmiert, damit es nicht zu offensichtlich ist und die Optik erhalten bleibt." Er suchte in seinen Taschen nach Zigaretten und einem Feuerzeug. „An beiden Enden befinden sich zusätzlich Dehnungsfugen, die man nachträglich anlegte. Mit anderen Worten: Die Brücke stürzt erst ein, wenn der Sockel mit der Stadt umkippt."

Die Fuge vor dem Stadttor war Albert in der Tat aufgefallen. Er musterte die Stadtmauer, während Walther noch das Feuerzeug suchte. Er hatte die Zigaretten bereits gefunden und sich eine davon in den Mundwinkel geklemmt.

„Ich weiß gar nicht, was ich zu alledem sagen soll, wenn ich ehrlich bin."

Walther zündete die Zigarette im vierten Versuch an, da der Wind die Angelegenheit erschwerte, und ließ das Feuerzeug wieder verschwinden. Er nahm einen tiefen Zug. Der Luftstrom vertrieb den Qualm beim Ausatmen so schnell, dass er kaum sichtbar war. „Dann warte ab, bis es einen dieser Tage gibt, an denen der Nebel nur unten über dem Meer liegt und es hier oben so klar ist wie jetzt. Es ist wirklich unvergleichlich."

Albert sah blinzelnd über die Brücke hinweg auf den für ihn sichtbaren Streifen des Meeres und steckte seine kalten Hände in die Jackentaschen. „Das kann ich mir vorstellen."

Nach einem Zug griff Walther kurz nach dem Barett, um zu prüfen, wie fest es noch auf seinem Kopf saß, denn der Wind schien es jeden Augenblick wegreißen zu wollen. „Deshalb heißt die Stadt *Nebelthron*."

„Ein schöner Name."

„Ja. Vor allem sehr treffend."

„Aber was ist das hier eigentlich? Ich meine, ihr lebt in einer alten und verlassenen Stadt im Nirgendwo. Gibt es da keine Probleme?"

Ohne den fragenden Blick Alberts aufzunehmen, richtete Walther sein Augenmerk auf die Stadtmauer. „Wo soll ich da nur beginnen ..." Er schwieg kurz und rauchte weiter.

Albert wandte die Augen nicht von Walther ab und wartete.

„Alle, die an einem Ort wie diesem leben, sind quasi geflohen, und zwar vor dem hier draußen." Er ließ den Blick kurz schweifen. „Flucht vor der Gesellschaft, vor Fragen, vor ihrer Vergangenheit, zum Teil vor dem Leben. Man sucht auch Erleuchtung oder einfach nur die Zeit und die Möglichkeit, um wieder klarzukommen. Es gibt praktisch so viele Gründe wie Bewohner."

„Ihr seid Aussteiger?"

„So kann man uns nennen. Alternativ Träumer. Suchende. Bohémiens. Digitale Bohémiens. Manche nahmen sich auch einfach nur eine Auszeit. Wie gesagt, die Ursachen, weshalb man das alles tut, variieren stark."

„Klingt, als gäbe es mehrere Städte wie diese."

„Eine ganze Stadt als Wohnraum ist extrem selten. Ich weiß gerade mal von einer weiteren. Aber Gruppen wie uns gibt es fast überall. Sei es nun in einer verlassenen Industrieanlage, auf einem alten Anwesen im Niemandsland oder mitten in einer Großstadt in einem gewöhnlichen Haus mit Mietwohnungen. Die meisten von uns gehen mehr oder minder regelmäßig arbeiten, um das Leben zu finanzieren, das sie führen wollen. Generell sind dann einige Wochen oder Monate im Jahr verplant, um Geld zu beschaffen. Wären wir nicht hier, sondern in einem Haus in einer anonymen Großstadt, dann wäre es weniger problematisch, an Geld zu kommen. Es ist ja nicht so, dass wir hier unser Essen selbst züchten und autark leben. Solche Menschen gibt es auch, aber das ist nicht die Regel. Wie gesagt, die Gründe, weshalb man so etwas tut, sind so unterschiedlich wie die Charaktere und deren Herangehensweisen. Es lässt sich schwer erklären, denn diese Art des Lebens ist mit einem Gefühl verbunden, das man durch Worte nicht vermitteln kann. Man kann es den Personen nicht immer ansehen. Genau deshalb gibt es uns praktisch überall, ohne dass man davon weiß. Viele dieser Orte bilden untereinander ein Geflecht, ein Netzwerk, wenn man so will, durch das die Mitglieder reisen, sich kennenlernen, Erfahrungen austauschen und so weiter."

Er nahm einen tiefen Zug und klopfte die Asche von der Zigarette. Sie erreichte durch den Wind nicht einmal den Boden, sondern wurde direkt zwischen den Balustern hindurch weggeweht.

„Und zu deiner Frage wegen den Problemen, ehe ich sie vergesse." Er sah Albert kurz an. „Ich möchte es einmal so formulieren: Leute schulden anderen einen oder mehrere Gefallen, denn eine Hand wäscht die andere. Deshalb haben wir hier Strom, Wasser und Internet, eine stabile Brücke und die Sicherheit, dass wir bleiben können."

„Dann müssen die Beziehungen recht weit reichen."

Walther lachte. „Das tun sie."

„Und wenn doch aus Zufall irgendwelche Leute hier auftauchen und Fragen stellen?"

„Dann sagen wir standardmäßig, dass wir dies und das an dem Ort restaurieren, da es hier erhaltenswerte Gebäude gibt, und haben schnell

Ruhe. Falls nachgebohrt wird, erledigen die Beziehungen den Rest. Da genügt ein Anruf. Wenn man allen fragenden Besuchern die gleiche Antwort gibt, fährt man am besten. Wir haben sogar eines der alten Häuser so hergerichtet, dass es aussieht, als würde man aktuell im Inneren daran arbeiten."

Albert staunte über dieses durchdachte System.

Walther drückte den Zigarettenstummel auf der Brüstung aus und ließ ihn in seiner Manteltasche verschwinden, nachdem er die Handschuhe wieder hervorgeholt hatte. Während er sie über die Hände zog, sagte er: „Alles in allem lässt sich das Lebensgefühl einfach nicht beschreiben. Man muss es haben oder sich so weit entwickeln, bis man es bekommt.

Du wurdest von Julia eingeladen, das weiß jeder. Sie glaubt, dass du hier Orientierung finden könntest. Ich übrigens auch. Aber sollten wir uns getäuscht haben, dann haben wir unsere Beziehungen. Ich glaube, du weißt, was ich damit sagen will."

„Sicher." Das entsprach der Wahrheit.

Da war es nun, dieses leichte Unwohlsein im Inneren. Nicht, weil er an ein Spiel mit tödlichem Ausgang dachte, sondern weil er noch niemanden wirklich kannte und der Neuling war; er war sich durchaus darüber im Klaren, dass man ihn speziell in der ersten Zeit im Auge behalten würde. Vielleicht sollte er es wie ein Praktikum betrachten, denn die Situation war durchaus damit vergleichbar. Vertrauen gab es nie umsonst.

„Tut mir Leid", meinte Walther, nahm sein rostiges Fahrrad und stieg auf. „Ich muss noch einiges erledigen. Wir sehen uns später, denn Yuuki möchte unbedingt den Grill anwerfen."

Das klang für Albert von der Betonung her so, als würde Walther Zweifel an Yuukis Können hegen.

„Dann bin ich mal gespannt", sagte Albert und hob als Abschiedsgruß die Hand.

Walther lachte. „Ich ebenso." Dann trat er in die Pedale und verschwand durch die Türe im Inneren der Stadt.

## Teil 6 – Die Aussteiger

Am späten Nachmittag fand man sich nach und nach auf einer großen Wiese im Nordwesten der Stadt ein, wo Yuuki zum Grillen geladen hatte. Ein Trampelpfad führte von der Straße aus quer durch das Grün, das von geschwärzten Grundmauern durchzogen war. Man konnte von hier aus deutlich die Kirche erkennen, die Bäume des Parks und die Häuser im Südosten. Es gab sechs Bänke, deren Sitzflächen aus halben Baumstämmen bestanden, ebenso wie die drei dazugehörigen Tische. Der Weg führte weiter bis zu einer Stelle, wo die Stadtmauer auf einer Länge von etwa fünf Metern komplett eingestürzt war, so dass man durch einen kleinen Spalt zwischen den Trümmern hinaus auf den Rand gelangen konnte, der die Stadt umgab.

Yuuki stand mit Walther in der Nähe der Sitzgelegenheiten an einem großen Holzkohlegrill und wendete die Würstchen und die Steaks. Der leckere Geruch ließ ihnen das Wasser im Munde zusammenlaufen und sie mussten sich beherrschen, nicht einfach zuzugreifen. Beide unterhielten sich und tranken jeweils eine Flasche Bier, wobei Yuuki den größten Teil dazu verwendete, die Flammen des Grills im Zaum zu halten und zugleich das Aroma des Fleisches zu verfeinern.

Auf einer der Bänke saß Agnes. Sie war sehr schlank, um nicht zu sagen dünn, kränklich blass und wirkte angespannt. Sie trug eine Brille und zu einem Pferdeschwanz gebundenes, graues Haar, das ihr bis zu den Nieren reichte. Ihre Hände hatte sie in den zu langen Ärmeln ihrer dunkelbraunen Strickjacke versteckt. Offenbar fror sie.

Auf dem Tisch saß Reinhart, die Füße neben Agnes auf der Bank und den Oberkörper nach vorn gebeugt, wobei er sich mit den Unterarmen auf den Oberschenkeln abstützte. Er war ein durchtrainierter aber nicht zu muskulöser Kerl mit einer Größe von über 1,80 Metern. Er trug eine schwarze, recht dreckige Armyhose und ein schwarzes Armyhemd mit hochgekrempelten Ärmeln. Aufgrund seines Erscheinungsbildes hätte man annehmen können, die Narbe, die seinen durch Nassrasur kahlen Schädel am Hinterkopf zierte, sei eine Verletzung von einer Auseinandersetzung. Yuuki hatte Albert jedoch verraten, dass Reinhart sie sich in seiner Jugend bei einem unglücklichen Sturz im betrunkenen Zustand auf einer Party zugezogen hatte, als er mit dem Kopf rückwärts in eine gläserne Schranktür gestürzt war. Reinhart hielt eine Flasche Bier in der Hand, während vor Agnes ein Glas Rotwein nebst Flasche stand.

Albert stand an der zerstörten Stadtmauer, trank ebenfalls ein Bier und blickte blinzelnd hinaus auf das durch die untergehende Sonne funkelnde Meer, von wo aus ihm eine frische Brise um die Nase wehte. Das Gefühl der Unwirklichkeit hatte sich kaum vermindert – was bei einer solchen Aussicht auch unwahrscheinlich war. Er vermutete, dass es dieses Empfinden war, das Neue, das Unbekannte, durch das er sich gut fühlte. Er mochte den Ort, gleich wie eigen er war.

„Hey!" ertönte plötzlich Julias Stimme. Sie gesellte sich mit einer Flasche Bier zu Albert und setzte sich lächelnd auf den Trümmerhaufen, der schräg rechts vor ihm lag; der Schatten, den sie von dort aus warf, verfehlte ihn nur knapp. „Na, was hältst du von unserem Zuhause?" Fragend sah sie ihn an und nahm einen Schluck.

Albert lächelte zurück. „Mit einem Wort? Seltsam."

Sie lachte. „Genau das war auch mein erster Gedanke."

„Wie lange bist du denn bereits hier?"

„Reichlich zwei Jahre."

„Und die anderen?"

„Da muss ich kurz überlegen", sagte sie und schaute dabei hinüber zu den anderen. „Also Yuuki kam, wenn ich mich recht entsinne, nur wenige Tage vor mir hier an. Walther ist schon mehrere Jahre hier, wobei ich gar nicht genau sagen kann, wie viele. Aber deutlich über zehn. Bei Agnes müssten es fünf bis sechs Jahre sein. Und bei Reinhart drei. Francis kam vor etwa einem Jahr her. Sie ist momentan mit Aari unterwegs. Er ist seit drei oder vier Jahren hier. Die beiden müssten in den nächsten Tagen wieder eintrudeln."

„Wohnen noch mehr hier?"

„Im Moment nicht. Alle paar Monate kommen Leute, die auf der Durchreise sind und einige Tage bleiben, manche eine Woche oder länger. Aber wir sind der Kern, wenn man so will."

„Walther meinte, du hättest mich eingeladen, weil du denkst, ich würde hier eventuell etwas Orientierung finden." Er nahm einen Schluck.

„Ja. Frag' mich nicht wieso, aber der Gedanke kam mir durch unser Gespräch auf der Party." Sie zuckte mit den Schultern. „Und ob du sie wirklich finden wirst, das weiß ich nicht. Ich glaube, dass du auf andere Gedanken kommen und Dinge vielleicht anders sehen und bewerten wirst." Sie verdrehte die Augen. „Ich höre mich ja wie eine verdammte Therapeutin an ..."

„Allerdings", bestätigte Albert lachend. Dabei musste er kurz an seine Unterhaltung mit Robert denken. „Aber ich sehe das doch richtig: Ohne die Einladung wäre ich nie hierher gekommen."

Julia nickte. „Im Grunde genommen basiert das ganze Netzwerk auf Beziehungen. Eigentlich hasse ich das Wort."

„Netzwerk?"

„Ja. Es hat für mich einen negativen Beigeschmack. Nach illegalen Aktivitäten. Aber ich kann es nicht besser beschreiben. Jedenfalls ist es mit eigener Kraft nicht möglich, einen Weg hinein zu finden, wenn man nicht jemanden kennt, der schon dabei ist. Der Schutz soll helfen, unnötigen Ärger zu vermeiden, denn Leute, die nur auf Abenteuer aus sind, will und braucht niemand von uns. Die sollen dann lieber mit einem Rucksack durch Indien wandern, wenn ihnen die Aufregung fehlt."

„Walther erwähnte Beziehungen, die Probleme lösen können, wenn jemand beispielsweise zu aufdringlich wird."

Julia nahm einen weiteren Schluck aus der Bierflasche und korrigierte ihre Sitzposition, ehe sie antwortete. „Ja, aber die möchte man ja nicht andauernd in Anspruch nehmen. Wir alle wollen nur Ruhe für unseren Weg. Und dafür sorgen eben ein in sich geschlossenes Netz, angemessene Antworten zu Außenstehenden und notfalls die angesprochenen Beziehungen."

„Ah, okay." Er machte eine Pause. „Irgendwie hat das etwas von einer Parallelwelt, von der ich bis heute nichts wusste."

„Das kommt mir auch sehr bekannt vor. Aber es lichtet sich recht schnell mit der Zeit, denn man kann sich mit seinen Fragen an jeden wenden. Aus meiner Erfahrung heraus gibt es überall jemanden, der schon jahrelang dabei ist. Und ja, das ist wie mit einer alten Tradition, bei der die Älteren den Jüngeren Wissen und Geheimnisse überliefern, um dafür zu sorgen, dass das Erbe nicht ausstirbt." Sie grinste.

„Es ist angerichtet!" rief Yuuki winkend vom Grill zu den beiden und wandte sich ab, nachdem Julia als Antwort gewunken hatte. Er brachte den ersten Teller mit Würstchen und Steaks an den Tisch, der durch Agnes und Reinhart zum Esstisch gekürt worden war.

Julia und Albert gesellten sich direkt hinzu, um nichts kalt werden zu lassen. Zudem weckte der Duft des gegrillten Fleischs ihren Appetit.

Man verzichtete an diesem Tag für die Gruppe untypisch auf Pappteller und Plastikbesteck und aß mit richtigem Besteck von buntem Geschirr. Es gab Brot in verschiedenen Sorten, viele Dinge, um eben jenes zu belegen oder zu bestreichen, Senf, Ketchup, selbstgemachte Dips und ausreichend Getränke, die sich neben dem Tisch in einem großen Handwagen befanden. Jemand hatte mittels Verlängerungskabel und Kabeltrommel für Strom gesorgt, so dass aus einer kleinen Anlage auf dem Nachbartisch eine eigenwillige Mischung aus Klassik und minimalistischem Electro drang.

Anfänglich stand Yuuki noch am Grill, um für Nachschub zu sorgen, dann legte er aber die Grillzange zur Seite und stillte den durch die Arbeit stark gewachsenen Hunger. Es schmeckte allen vorzüglich und man trank und unterhielt sich ausgelassen, während sich die Sonne immer weiter dem Horizont näherte, um dort bald das Meer zu berühren.

Im Laufe des Abends erfuhr Albert, dass Agnes 45 Jahre alt war, Walther seit einigen Wochen 58, Yuuki 25, Julia 26 und Reinhart 42; Francis war 23 und Aari 31. Alberts 27 Jahre kommentierte Yuuki breit grinsend mit: „Wenigstens versaust du nicht den Altersdurchschnitt wie Walther."

Walther, der von Julia einen bedauernden und mitfühlenden Gesichtsausdruck erntete, nahm einen Schluck Wein, stellte das Glas vor sich auf den Tisch, wo zahlreiche Teelichter in Gläsern brannten, verschränkte die Arme, mit denen er sich leicht nach vorn gebeugt auf den Tisch stützte, und blickte nach links, wo zwischen ihm und Yuuki Reinhart saß. „Mein Junge", setzte er mit einem gespielt belehrenden Ton an, „hättest du meine Erfahrung, dann würdest du wissen, wann etwas durch ist und ab wann Kohle entsteht."

Daraufhin setzte überall lautes Gelächter ein und Yuuki schüttelte leicht verlegen den Kopf, denn ihm waren in der Tat manche Sachen einseitig verkohlt. Das allerdings hatte dem vorzüglichen Geschmack keinen Abbruch getan, wie jeder bestätigt hatte.

Man saß noch bis weit nach Mitternacht beisammen und erzählte sich Geschichten. Als Bier und Wein getrunken waren, nahm man dies und die niedrige Temperatur zum Anlass, den Abend zu beenden und sich ins Bett zu begeben. Die Überreste des Essens ließ man zurück, genauso wie alle anderen Sachen, denn man wollte lieber bei Tageslicht und in Ruhe aufräumen. Zudem würde sich der eine oder andere Vogel über das geschenkte Futter freuen, dessen war man sich sicher.

# Teil 7 – Der Friedhof

Für eine Stadt mit der Größe von *Nebelthron* war der Friedhof außerordentlich weitläufig. Er wurde umgeben von einem rostigen Metallzaun, welcher brusthoch und wie die meisten Grabsteine im Laufe der vielen Jahre von Ranken überwuchert worden war. Die beiden Flügel des Haupttores waren nicht erwähnenswert höher und hoben sich lediglich durch eine Bekrönung mit kunstvoll geschwungenen Schmiedearbeiten ab. Zentral gelegen befand sich eine Kirche, deren Apsis nach Osten deutete und die von einem breiten Pflasterweg umrundet wurde, welcher von der Straße her gerade auf sie zulief und sich vor ihr teilte. Begehbar wurden die Grabreihen hauptsächlich durch unbefestigte Wege und Trampelpfade; in seltenen Fällen gab es auch Wege mit Pflastersteinen, deren Verlauf und Lage keinem erkennbaren Prinzip unterlagen.

Es gab Breitsteine, Stelen, Skulpturen, Liegeplatten, Gräber mit oder ohne Abdeckplatten, die zum Teil von einem kleinen Metallzaun umgeben waren, und die eine oder andere Gruft, unterirdisch oder in Form eines Grufthauses. Auf einem kleinen Platz – links vom Hauptweg zur Kirche – stand eine Sonnenuhr und symmetrisch dazu auf der rechten Seite ein Vogelbad.

Die Zeit hatte viele Details fortgespült, aber genau dieser Verfall machte in Alberts Augen alte

Friedhöfe zu dem, was sie waren, und hob sie von den modernen Anlagen ab, wo man zu oft statt Kalkstein, Sandstein, Basalt oder Marmor polierte Granite oder vergleichbare Materialien nutzte, denen Witterung wenig anhaben konnte und die theoretisch noch in vielen Jahrzehnten seelenlos dort stehen würden, wo man sie aufgestellt hatte.

Die Außenwände und Fenster der Kirche waren zu einem Großteil von Efeu und Wein bedeckt, so dass Albert sich ziemlich schnell von der uninteressanten Fassade abwandte, um sich auf die andere Seite zu begeben, wo das Portal lag, und sich nach Möglichkeit im Inneren umzusehen. Der Bau aus Backstein erinnerte in seiner schlichten und massigen Art an die Romanik, besaß allerdings schmale, hohe Fenster mit Spitzbögen, die der Gotik entstammten. Albert ging davon aus, dass der Bau viel jünger und lediglich ein Mix aus diesen stilistischen Mitteln war, weil es der Architekt für schön befunden hatte. Diese Meinung teilte er. Rustikal und doch leicht.

Vor dem schmucklosen Portal, das lediglich über einen Rundbogen verfügte, blieb Albert stehen und blickte kurz hinauf zum Glockenturm, an welchem man vergeblich ein Ziffernblatt suchte. Der kalte Schatten der Kirche ließ ihn frösteln, denn er hatte aufgrund des schönen Wetters und der angenehmen Temperatur in der Sonne auf seine Jacke verzichtet. Es würde noch dauern, ehe die Sonne den Schatten an dieser Stelle zum Rückzug zwingen würde. Er trat vor die massive Flügeltüre, betätigte die verrostete Klinke und drückte gegen das beinahe schwarze Holz, woraufhin sich der Flügel bewegte. Froh darüber, dass nicht abgeschlossen war, stemmte Albert die schwergängige Türe auf und begab sich in das Innere, das ihm Kälte entgegenhauchte. Ob er es als Einladung oder Auflehnung gegen ein Betreten werten sollte, konnte er nicht sagen.

Durch mehrere Löcher im Dach des Mittelschiffes – man konnte direkt auf die unverkleidete Balkenkonstruktion blicken – fiel Licht ein, dessen zum Teil sehr feine Strahlen durch den tanzenden Staub sichtbar wurden. Der Schein, der durch die kleinen, bunten Fenster des Obergadens und die Verglasung des linken Seitenschiffes strömte, hatte durch die direkte Sonneneinstrahlung mehr Kraft als jener der rechten Seite, und tauchte gemeinsam mit den hellen Lichtfäden das Innere in eine verträumte Stimmung. Große Teile des Bodens waren bedeckt von feinem Gras, Moos und einzelnen Farnen, wohingegen Wände und Säulen großflächig von Kletterpflanzen bevölkert wurden, die kräftig grüne Blätter trugen. Einige der Ranken hingen in den Freiräumen zwischen den Säulen herab und gaben dem Raum etwas von einer längst vergessenen Ruine im Herzen eines Urwaldes.

Albert lief langsam Richtung Altar, knickte dabei das Gras am Boden und streifte mit den Beinen und den Händen Farne. Er erkannte, dass sich die Bänke und alle anderen hölzernen Gegenstände in verschiedenen Stadien des Verfalls befanden. Auf halber Stecke blieb er schlagartig stehen, als er einen Schmetterling sah, der von links nach rechts durch den breiten Lichtstrahl flog, der vor seinen Füßen am Boden endete. Er atmete tief ein und spürte deutlich die hohe Luftfeuchtigkeit, welche die Hauptursache für die gefühlt niedrige Temperatur war. Als der Schmetterling hinter einer Säule aus seinem Blickfeld verschwunden war, setzte Albert den Weg fort und durchschritt den grellen Vorhang.

Vor dem Altar sah er ein brennendes Grablicht auf dem Boden und unweit davon Julia, die mit dem Rücken an der ersten Bank auf der rechten Seite lehnte und die Unterarme auf ihren angewinkelten Knien liegen hatte. Sie drehte den Kopf kurz zu Albert und sagte: „Hi."

„Hi." Er wusste nicht recht, wie er reagieren sollte. „Hmmm... also ich wollte dich nicht stören. Ich sah dich von vorn gar nicht."

Sie schaute wieder kurz zu ihm und lächelte. „Tust du nicht, keine Sorge."

Albert trat näher und setzte sich im Lotussitz auf der linken Seite ins Gras und lehnte sich ebenfalls an die erste Bank, von der er vermutete, sie würde jeden Moment hinter ihm zusammenbrechen.

Sie saßen eine Weile schweigend da und hörten den Vögeln zu, die sangen und durch zerbrochene Fenster nach draußen flogen oder in die Kirche flatterten. Julia sah starr auf die Kerze, welche von der Größe her noch nicht sehr lange brennen konnte. Albert wunderte sich derweil unvermindert über das Innere der Kirche.

„Die Kerze ist für Thierry", unterbrach Julia die Stille. „Er starb vor genau zwei Jahren."

„Das tut mir leid."

„Muss es nicht. Er nahm sich das Leben mit der Überzeugung, der Welt damit einen Gefallen zu tun. Ich meine, er starb nicht plötzlich an einer Krankheit oder durch einen Unfall. Es traf mich nicht unerwartet. Gerade die Menschen, die ihn schon länger kannten, wussten, dass es einmal passieren würde. Natürlich war es ein schwerer Schlag, aber ... ich weiß nicht, wie ich es ausdrücken soll ... er fand seinen Frieden. Das zu wissen half mir damals sehr, damit umgehen zu können und es zu verarbeiten. Das tut es auch heute noch."

„Standet ihr euch nahe?"

„Wir kannten uns gut fünf Jahre. Er war in meinem Alter und brachte mich damals in die Aussteigerszene, um sie mal so zu bezeichnen. Wir reisten die gesamte Zeit über gemeinsam von Ort zu Ort quer durch das Netzwerk. Kurz nach seinem Tod kam ich dann hierher, weil ich es in der alten Umgebung einfach nicht mehr aushalten konnte."

„Ihr wart ein Paar?"

Sie zog den linken Ärmel ihrer Jacke leicht zurück und kratzte sich am Arm. „Nein. Wir wuchsen in den Jahren sehr fest zusammen, als Freunde. Wir küssten uns nicht einmal. Zudem glaube ich, dass es nicht geklappt hätte, denn wir waren wirklich zu verschieden. Das wäre auf Dauer nie gut gegangen. Wir hätten uns vermutlich aus einer Laune heraus bei einer Diskussion gegenseitig erschlagen, um ja nicht nachgeben zu müssen."

Ihre Stimme hallte nicht sehr stark in der Kirche, da der Schall von den Pflanzen teilweise geschluckt wurde.

„Hast du je einen Freund oder eine Freundin auf diese Art verloren?" fragte Julia.

„Nein. Ich kannte einige flüchtig, die sich das Leben nahmen, aber befreundet war ich mit keinem von ihnen."

„Bei mir war es Thierry. Und das allein ist schlimm genug." Sie schwieg kurz. „Wir sollten mit dem Thema aufhören, auch wenn ich damit angefangen habe. Es zieht mich gerade richtig runter."

Albert kam der Bitte wortlos nach.

Sie saßen anschließend noch geraume Zeit unverändert zusammen in der Kirche und schwiegen. Das einfallende und sich langsam bewegende Licht traf Albert irgendwann am rechten Arm, wo es ihm angenehme Wärme spendete.

# Teil 8 – Thierry

„Weißt du, ich möchte die Welt gar nicht verbessern, weil ich weiß, dass ich es nicht kann", sagte Thierry. „Es gibt viele grausame Dinge. Wenn ich zum Beispiel einen Gedanken habe, dann kann ich mit hoher Wahrscheinlichkeit davon ausgehen, nicht der einzige Mensch auf diesem Planeten zu sein, der ihn hat. Und wenn ich mir etwas Schreckliches vorstelle, dann gibt es sicherlich irgendwo jemanden, der den Gedanken in die Tat umsetzt."

Er und Julia befanden sich in einem lichten Hain inmitten einer weitläufigen Wiese, auf der verschiedenste Blumen wuchsen, die zu diesem Zeitpunkt in voller Blüte standen. Der Boden war bedeckt von zartem Gras, über welches das Licht unruhig tanzte, das durch die rauschenden Kronen der Bäume fiel. Zwischen den Bäumen lag ein altes Ruderboot, dessen Holz morsch und von Moos überzogen war und in welchem neben Gras auch vereinzelt blaue Mohnblumen wuchsen. Sie saß auf dem Sitzbrett und blickte zum Heck, während Thierry neben dem Boot ausgestreckt im Gras lag. Seine und Julias Schuhe lagen an einem Baum.

Regen tropfte vom Wind gelöst von den Blättern auf beide herab, denn vor einigen Minuten erst hatte der kurze Schauer aufgehört, der die Luft wundervoll gereinigt und Abkühlung mit sich gebracht hatte. Überall funkelte es und das kalte Nass fühlte sich großartig auf der Haut an.

Julia spürte, wie sich ein Tropfen im Nacken löste und unter dem T-Shirt über ihren Rücken glitt. Sie hatte – genau wie Thierry – die Augen geschlossen und ließ sich von der Brise die Haut streicheln und vom fröhlichen Gesang der Vögel erheitern.

„Aus meiner Erfahrung heraus glauben viele Menschen, dass man Veganer wurde, weil man nichts mit den blutigen Machenschaften der Welt zu tun haben möchte", fuhr er fort. „Das ist ein sehr häufiger Grund, der aber auf mich nicht zutrifft.

Fakt ist leider auch, dass man in der Gesellschaft nicht drum herum kommt, am Niedergang der Erde beteiligt zu sein, weil ein Rohstoff entweder zur Herstellung benötigt wird oder indirekt im Produktionsablauf. Spätestens beim Beladen eines Transporters mit der Ware, die man irgendwann kaufen wird, reicht man der Zerstörung unfreiwillig die Hand. In einem kleinen Rahmen funktioniert das alles. Aber es gibt zu viele Menschen. Und genau das ist das Problem."

Julia bewegte ihren linken Fuß über das Gras im Boot, um sich von den Spitzen leicht kitzeln zu lassen. „Und weshalb wurdest du Veganer?" Sie hatte schon öfters darüber nachgedacht, kein Fleisch und keinen Fisch mehr zu essen, bisher aber noch keinen wahren Sinn darin gesehen, darauf zu verzichten; und vegane Ernährung schloss sie für sich gänzlich aus.

„Ich war nie der großartige Fleischesser und hielt mich ohnehin mehr an Fisch, der mir ehrlich gesagt ab und zu fehlt. Jedenfalls entschied ich eines Tages, endgültig damit aufzuhören. Ich war und bin der Ansicht, dass mich genau das näher zu meinem inneren Frieden bringt, den ich seit vielen Jahren suche. Ab und zu komme ich immer noch in Versuchung, zum Beispiel einen geräucherten Fisch zu essen, aber dann fühle ich, dass auch die Selbstdisziplin ein Teil meines Weges ist. Vielleicht sogar der längste und steinigste. Später stellte ich Schritt für Schritt meine komplette Ernährung um und verzichtete auf Tierprodukte, die ich später aus jedem Bereich meines Lebens verbannte."

„Inwiefern?" Sie hatte sich mit dem Thema nie näher auseinandergesetzt.

Thierry leckte sich einen Wassertropfen von der Oberlippe und spielte mit den Fingern im Gras. „Das fängt bei der Kleidung an, wo ich auf Leder verzichte, und geht über Dinge wie Shampoo, wo es bei Forschung und Produktion keinerlei Tierversuche gab, bis hin zu Bier, bei dem das Etikett auf der Flasche mit Leim befestigt wurde, der nicht von einem Tier stammt. Und ob du es nun glaubst oder nicht: Man kann sehr gut damit leben." Er lachte kurz.

„Sicherlich nur eine Sache der Gewöhnung. Und der erwähnten Selbstdisziplin."

„Ja. Man muss sich damit befassen und kann nicht zuviel von sich erwarten, besonders wenn es völliges Neuland für einen ist und man recherchieren muss. Wenn man hingegen Leute kennt, die so leben, ist es viel einfacher, denn sie können dir sagen, worauf du achten musst, welche Produkte in Ordnung sind und von was du welche Menge zu dir nehmen musst."

„Und hast du deinen inneren Frieden gefunden?" fragte Julia, die sich nun den rechten Fuß kitzeln ließ.

„Etwas. Ich denke, ganz werde ich ihn nur im Tod finden. Im Grunde genommen müsste das das höchste Ziel eines jeden Veganers sein: Der eigene Tod. Man hat dann einfach nichts mehr mit dieser ganzen Scheiße hier auf der Erde zu tun. Klar sagen die Weltverbesserer dann, dass das nur eine feige Flucht sei und man doch stattdessen die Welt auf einen besseren Kurs bringen sollte. Aber man bewegt absolut nichts, denn so sehr man auch strampelt, das Geld wird immer regieren und das Streben nach Macht noch mehr. Der Mensch ist einfach so, weshalb auch immer. Aber das ist ein anderes Thema.

Jedenfalls, um nochmals auf die zu sprechen zu kommen, die das alles strenger sehen: Genau solche Leute sind es, die gerne meine Akzeptanz für die Essgewohnheiten anderer mit Resignation gleichsetzen. Okay, irgendwie liegen sie damit ja richtig. Möglicherweise wollen sie es aber nicht wahr haben, dass sie nichts ausrichten und den Lauf der Welt nicht verändern können, denn das kann wirklich nur geschehen, wenn *alle* an einem Strang ziehen. Vielleicht spricht dabei viel Frust aus ihnen und sie meinen es gar nicht so böse, keine Ahnung. Es wird jedenfalls schnell gegiftet und herablassend darüber gesprochen. Das ist der falsche Weg, wie ich finde, denn so entsteht auch auf der anderen Seite Ablehnung und am Ende hat keiner etwas gewonnen."

Julias Nicken war für Thierry unsichtbar.

„Ich gab es vor langer Zeit auf, mich mit diesem Thema herumzuschlagen, weil es nichts bringt. Wenn am Ende der Sensenmann an deiner Türe steht, dann ist es ihm egal, wer du bist und was du gemacht hast, ob du jeden Tag ein Schnitzel gegessen oder dich nur von Früchten ernährt hast. Man sollte seinen Weg und seinen Frieden in der Zeit finden, die einem zur Verfügung steht."

„Ich weiß, was du meinst."

„Der Tod ist wie eine Runde auf dem Klo: Dort sind wir alle gleich."

Julia lachte. Dann sagte sie: „Aus einem jeweils anderen Blickwinkel heraus betrachtet ist ohnehin alles falsch, was wir tun."

„Schrecklich, aber wahr. Außer wenn wir auf dem Klo sitzen."

Daraufhin lachten beide erneut auf und überstimmten damit kurzzeitig die zwitschernden Vögel in ihrer Umgebung und das Summen der Insekten, die unter dem Himmel, an welchem nur noch vereinzelte Wolkenfetzen dahinzogen, von Blüte zu Blüte flogen, um sich an deren Nektar zu laben.

# Teil 9 – Todesgedicht

Sie konnte noch immer nicht weinen. Sie saß nur da und starrte teilnahmslos durch das Fenster hinaus in die Nacht.

In dem Raum brannte kein Licht. Sie saß mit einer Decke, die sie über ihre angewinkelten Beine gelegt hatte, auf der inneren Fensterbank, welche so breit war, dass sie zwei Menschen nebeneinander hätte Platz bieten können. Sie lehnte mit dem Rücken an einem der Pfeiler, welche die großflächigen Fenster voneinander trennten, und spürte die aufsteigende Wärme der Heizung, die unter der Fensterbank lag. Links neben ihr standen eine offene Flasche Rotwein und ein Weinglas, das zur Hälfte gefüllt war. Daneben lag ein leicht geknickter Briefumschlag.

Julia lehnte mit dem Kopf am Fenster und spürte die Kälte des Glases. Sie hörte, wie der Wind wehte und den Regen trommelnd gegen die Scheiben trieb, wie ein Stockwerk unter ihr die Baumkronen des Parks auf der anderen Straßenseite rauschten und wie ihre Armbanduhr leise tickte. Das Licht der Laternen brach sich im Wasser an den Scheiben und zeichnete verschiedenste, lebendige Muster in der Nähe des Fensters an die Decke, ehe es sich im Dunkel des riesigen Raumes verlor. Dieser besaß drei aus Fenstern bestehende Seiten, eine Fläche von etwa 300 Quadratmetern, mehrere symmetrisch verteilte

Pfeiler und gegenüber von Julias Platz eine untapezierte Wand – jemand hatte darauf mit farbiger Kreide den Superpilz aus Super Mario gezeichnet – mit einer Türe zur Küche, einer zum Bad und einer zum Hausflur. Der Raum war vollkommen leer; lediglich Julias Schuhe befanden sich neben der Fensterbank auf dem Parkett. Die Wohnung war die einzige im Haus, die noch leer stand, da die aktuelle Anzahl an Aussteigern gering war und daher kein Bedarf bestand, die Wohnung zu vermieten. Sie diente stattdessen ab und an als Rückzugsort und hatte somit auch ohne Bewohner ihre Aufgabe.

Die Beisetzung von Thierry lag nun zwei Monate zurück und noch immer hatte sie keine Träne verloren, weshalb sie sich bedeutend schrecklicher fühlte, als sie es ohnehin schon tat. Es schien nicht real zu sein. Die Tage verstrichen und wenn man sie nicht daran erinnerte, dass sie essen und trinken musste, so wäre sie vermutlich längst umgekippt. Meistens saß sie nur still irgendwo und dachte an alles und zugleich an nichts; sie dachte an ihr bisheriges Leben, an Thierry und die gemeinsamen Erlebnisse, fragte sich, wie es weitergehen würde und wo der Sinn von alledem lag. Zwischenzeitlich las sie oder versuchte sich im Zeichnen. Zu ihrem Bedauern schweiften ihre Gedanken immer wieder ab und ließen den Tätigkeiten kaum Raum, ihre Ablenkung zu entfalten.

Er hatte sich eines Nachts mit einem vollen Benzinkanister auf das Dach des Hauses begeben, sich übergossen und angezündet. Eine seiner Mitbewohnerinnen hatte ihn am nächsten Tag gefunden, da sie sich bis zu diesem Zeitpunkt jeden Morgen für eine Stunde zur Meditation nach dort oben zurückgezogen hatte. Sein Freitod traf nicht jeden überraschend, da Thierrys Ansichten kein Geheimnis gewesen waren; die grausame Methode hingegen schockierte alle zutiefst – bis auf Julia.

In einem Gespräch, das nur wenige Tage vorher geführt worden war, hatte er gesagt, dass viele gar nicht sterben möchten. „Sie wollen nur weg. Weg vom Hier und Jetzt, weg aus ihrem Leben, weg aus ihrer Situation. Und genau das ist der Punkt: Viele wollen friedlich sterben, möglichst schnell und ohne Schmerzen. Wenn der Tod aber mit Qualen verbunden ist, dann überlegen sie gründlicher, ob sie bereit sind, den Preis zu zahlen." Zudem wurde von ihm angemerkt, wie wunderbar *Takeshi Kitano* diesen Gedanken in einem seiner Bücher zu formulieren verstand; etwas später hatte sich Julia das Buch von Thierry geliehen und es bis zum Abend des gleichen Tages komplett gelesen.

Sie griff das Glas und nahm einen Schluck, ehe sie den beidseitig unbeschrifteten Umschlag zur Hand nahm und betrachtete. Sie hatte ihn einen Tag nach Thierrys Freitod in einer Tasche ihres Mantels gefunden. Ihr Bauch sagte ihr, dass es sich um einen Abschiedsbrief von ihm handelte. Sie nahm einen weiteren Schluck, öffnete den zugeklebten Umschlag und entnahm das Blatt. Es war in der Mitte gefaltet. Sie schlug es auf.

Die Wärme der Heizung kroch angenehm unter die Decke und erinnerte sie daran, wie sie in einer klaren Nacht mit Kissen und mehreren Decken weich gebettet an der gleichen Stelle gelegen und durch das Fenster die Sterne beobachtet hatte. Auf einer anderen Fensterbank hatte es sich Thierry außerhalb ihres Blickfeldes ebenfalls mit zahlreichen Decken gemütlich gemacht. Sie hatten sich relativ laut unterhalten müssen, um einander verstehen zu können, und waren erst in den frühen Morgenstunden während der Dämmerung in den Schlaf gesunken.

Das ihr zur Verfügung stehende Licht reichte aus, um die Schrift deutlich lesen zu können. In der Mitte des Blattes stand:

Ich werde fliegen
Über Blüten und über Wolken
Getragen vom Wind

Ich werde ziehen
Fort in die weiten Felder
Und glückvoll ruhen

Ich werde strahlen
Wie Tau auf einem Grashalm
Am kühlen Morgen

Endlich bin ich frei
Bin warmer Schein der Sonne
Und auch Vogelsang

Heimlich verborgen
In einem kurzen Lächeln
Im Blau des Himmels

Sie senkte das Blatt auf ihre Knie und ließ den Blick zurück in die Nacht schweifen, wo der Wind an Intensität gewonnen hatte, genau wie der trommelnde Regen. Die Zeilen machten sie nicht traurig, sondern erfüllten sie vielmehr mit stiller Zufriedenheit, denn sie war sich sicher, dass es Thierry dort, wo er nun war, gut ging. Er hatte seinen Weg gefunden und darum beneidete sie ihn, da ihre eigene Suche noch nicht vorüber war. Und er hatte ein Zeichen gesetzt.

Aus der Wohnung, die ein Stockwerk tiefer lag, drang Musik, von der Julia nicht wusste, wann sie eingesetzt hatte. Offenbar war es eine dorthin verlegte Party, denn sie hörte auf einmal auch das Murmeln zahlreicher Stimmen.

Sie verspürte keinerlei Drang, sich in Gesellschaft zu begeben. Stattdessen legte sie den Brief zur Seite, schenkte sich Wein nach, nahm das Glas, daraus einen Schluck und lehnte ihren Kopf wieder an die kalte Scheibe, um so das Wasser auf der anderen Seite des Glases zu beobachten und dem Klang des Windes zu lauschen.

# Teil 10 – Rückkehr

Albert saß zusammen mit Walther auf der steinernen Treppe eines Hauses, das nur noch aus den Wänden bestand, während das Dach und die einzelnen Etagen – bis auf einen kleinen Bereich im hinteren Teil, wo auch die Treppen alles überdauert hatten – bereits vor langer Zeit eingestürzt und nebst den meisten Einrichtungsgegenständen zu Staub zerfallen waren, um im Inneren Platz für zwei Eichen zu schaffen, in deren Schatten Gras und zahlreiche bunte Blumen um die Überbleibsel herum verteilt wuchsen. In den Kronen der Bäume sangen Vögel und die Sonne versteckte sich immer wieder kurz hinter den schnell dahinziehenden Wolken.

„Es ist erstaunlich, wie viele unterschiedliche Charaktere hier leben", sagte Albert und nahm ein Steinchen von der Stufe auf, auf der seine Füße ruhten. Er warf es auf die Straße, wo es zwischen durch einen jungen Baum aufgewölbten Pflastersteinen verschwand.

Zwischen den meisten Fugen der Pflastersteine wuchsen Gräser und Blumen; ferner gab es vereinzelt junge Bäume, die der Sonne entgegenstrebten, Unkraut und allerlei große und kleine Pflanzen, die sich ihren Platz erkämpft hatten und diesen stetig zu erweitern versuchten.

Walther zog an seiner Pfeife und ließ den Tabakqualm durch den Mundwinkel entweichen. Er nahm die Pfeife aus dem Mund und sagte: „Ja. Und jeder schleppt etwas mit sich herum."

„Inwiefern?"

„Wie du meines Wissens nach mitbekommen hast, ist es bei Julia der Tod von Thierry, den sie trotz ihrer Schauspielkünste in meinen Augen noch längst nicht verarbeitet hat. Agnes leidet unter Angstzuständen und Reinhart ... darüber solltest du besser mit ihm persönlich reden, da es eine sehr komplizierte Geschichte ist. Und ich trage auch eine Last mit mir herum, genau wie du." Er paffte. „Einige kommen schneller mit den Dingen klar als andere. Und man kann sich nie ganz sicher sein, ob es nicht doch wieder über einen hereinbrechen wird.

Das ist wie mit einem Haar. Du ziehst einen Pulli an, den du lange im Schrank hattest, und findest dann ein Haar darauf, das du nimmst, um es zu entfernen. Du hast es in der Hand und stellst fest, dass es das Haar einer Frau ist, mit der du lange nicht mehr zusammen bist. Anschließend legst du es wieder auf den Pulli und drückst es fest, damit es nicht einfach so von allein abfallen kann. Der guten Zeiten willen. Und wieder sind Gedanken da, von denen du dachtest, sie abgehakt zu haben. Es kann dich einfach immer und überall erwischen."

Albert nickte schweigend. Walther hatte Recht. In der letzten Nacht waren seine Gedanken wieder zurück gereist in die Zeit der Trennung und er wäre beinahe dem Bedürfnis erlegen, seiner Exfreundin eine Textmitteilung zu schicken. Er hatte daraufhin das Handy abgeschaltet und weggelegt. Ganz überwunden war es noch lange nicht, das wusste er; es drängte ihn auch niemand – selbst er nicht.

Auf einmal näherten sich von rechts Julia und eine junge Frau, die ihren rechten Arm bei Julia eingehakt hatte und in der linken Hand eine Zigarette hielt. Sie war sehr schlank – unter ihrer Kleidung möglicherweise dünn –, trug eine schwarze, an den Knien zerrissene Hose, unter der man den schwarzen Stoff ihrer Strumpfhosen erkennen konnte, und ein etwas zu groß geratenes, schwarzes Kapuzenshirt, dessen Kapuze ihr Gesicht mit Schatten bedeckte und aus der an den Seiten Strähnen ihrer zerzausten Haare hingen.

Julia lächelte voller Glück, als beide vor der Treppe stehen blieben. „Hallo ihr zwei."

Walther erhob sich und nahm die Frau liebevoll in die Arme. „Schön, dass du wieder hier bist, Kleine."

Als sie sich begrüßt hatten, sagte Julia zu Albert, der seinerseits aufgestanden war: „Das ist Francis. Eine sehr gute Freundin von mir." Und an Francis gerichtet: „Und das ist Albert. Ich lernte ihn vor Wochen auf einer Party kennen und lud ihn ein. Ich habe dir schon von ihm erzählt, wenn mich nicht alles täuscht."

Sie reichten sich die Hände. Albert spürte kaum einen Druck, dafür sehr deutlich die Kälte ihrer zierlichen Hand.

Über die Bemerkung Julias wunderte sich Albert, denn er fand es stets befremdlich, wenn er von Gesprächen anderer Menschen während seiner Abwesenheit erfuhr, in denen er Thema gewesen war. Für ihn gab es so viele andere Dinge, über die es sich zu unterhalten lohnte. Es war und blieb befremdlich.

„Hi", sagte Francis und sah ihm kurz in die Augen, ehe sie den Blick wieder abwandte, die Zigarette zum Mund führte, einen tiefen Zug nahm und den Qualm von allen abgewandt ausblies.

„Hallo, schön dich kennenzulernen", sagte Albert, der sich fragte, ob er eben einen schlechten, guten oder gar neutralen ersten Eindruck auf Francis machte.

Walther fragte an Julia gerichtet: „Ist Aari auch hier?"

„Ja, er lud mit Yuuki den Wagen aus, als wir losliefen. Vermutlich tauschen die Herren wie immer die neuesten Weibergeschichten aus." Dabei verdrehte sie die Augen.

Francis zog an ihrer Zigarette und blickte beinahe abwesend durch eines der Fenster der unteren Etage auf den Stamm und einen Teil der Krone der dort sichtbaren Eiche. Die zweite wurde komplett von der ersten verdeckt.

Man merkte Julia an, dass ihr das distanzierte Auftreten von Francis unangenehm war. „Ich denke, wir spazieren mal weiter. Wir müssen tratschen. Also bis später, Jungs!"

Sie liefen nach links und bogen kurz darauf links ab, wo sie hinter der Ecke eines Hauses verschwanden.

Walther und Albert entschieden unterdessen, ebenfalls ihren Rundgang und ihre Unterhaltung fortzusetzen, um bei dieser Gelegenheit nach Aari Ausschau zu halten und ihn willkommen zu heißen.

Sie fanden ihn am Grillplatz, wo Yuuki auf einer Bank saß. Aari lag mit hinter dem Kopf verschränkten Armen auf dem Nachbartisch und blickte in den Himmel. Unweit von ihnen stand ein alter Geländewagen mit offener Heckklappe auf der Wiese, um welchen herum allerlei Kisten standen, was darauf schließen ließ, dass sie eine Pause eingelegt hatten.

Aari richtete sich auf, nachdem er Walther und Albert sprechen gehört und durch das Heben und Drehen seines Kopfes nach hinten ausgemacht hatte, setzte die Füße auf die Bank, reichte beiden lächelnd die Hand, als sie vor ihm standen, und machte sich mit Albert bekannt. „Tut gut, mal wieder hier zu sein", sagte er zu Walther und stützte die Ellenbogen auf seine Oberschenkel, wobei ihm seine dunkelblonden, nicht ganz schulterlangen Dreadlocks ins Gesicht fielen. Er hatte etwas von jemandem, der die meiste Zeit des Tages auf einem Surfbrett verbringt.

Der frische Wind ließ alle frösteln und zertrieb mit unermüdlicher Geduld die Wolken zu permanent feineren Gebilden. Es zogen immer weniger Schatten über das Land hinweg und die Sonne versprach langsam ansteigende Temperaturen.

Aari stand kurz auf und holte aus einer der Kisten vier kleine Flaschen Ginger Ale. Man setzte sich zusammen an den Tisch, an dem Yuuki bereits saß, öffnete die Flaschen an der Tischkante und ließ sich das kühle Getränk schmecken.

Auf die Frage Walthers hin, was denn alles in den Kisten sei, antwortete Aari, dass es sich unter anderem um Werkzeuge und Materialien zum Modellieren und für die Steinbildhauerei handelte. Auch enthielten zwei der Kisten Utensilien für Walthers Malerei, welche dieser bestellt hatte.

Auf seiner Reise hatte Aari zahlreiche neue Ideen gesammelt, deren Umsetzung er nach und nach in Angriff nehmen wollte. „Ich will aber zunächst den Schwan beenden."

„Einen Schwan?" fragte Albert interessiert.

„Ja. Das blöde Ding beschäftigt mich schon lange." Er erhob sich und sagte zu Albert: „Ich kann ihn dir ja mal zeigen."

„Gerne", entgegnete Albert.

„Dann werde ich mal losziehen und Reinhart suchen", sagte Yuuki und sah zu Walther. „Willst du mit in die Stadt? Die Kühlschränke sind leer und die Damen drückten mir eine riesige Liste in die Hand."

Walther nickte, leerte die Flasche und stellte sie auf dem Tisch ab.

„Wir sind dann weg!" rief Yuuki Aari und Albert nach, die nur kurz nickend zurückblickten und sich über einen Trampelpfad, welcher sich zwischen Grundmauern hindurchschlängelte und so breit war, dass er befahren werden konnte, einer Art Gartenlaube näherten, die mitten auf der Wiese stand.

Albert wunderte sich darüber, dass Aari mit dem Fahrzeug nicht näher herangefahren war, um es zu entladen, behielt die Frage nach dem Grund aber für sich.

Vor der Holzlaube befand sich eine gepflasterte Fläche von geschätzten fünf Metern im Quadrat, die zur Hälfte durch eine stabil wirkende Holzkonstruktion überdacht und durch einen breiten Pflasterweg mit dem Eingang der Hütte verbunden war.

„Wenn es nicht zu kalt und nicht zu stürmisch ist, arbeite ich eigentlich immer draußen", erklärte Aari.

Die Hütte war unbedeutend größer als der Platz und verfügte über einige kleine Fenster, die vom Dreck bereits trüb waren. Begangen werden konnte sie durch ein Schiebetor, das die gesamte Breite einnahm und durch ein großes Vorhängeschloss gesichert war, das Aari öffnete, nachdem er an seinem viel zu großen Schlüsselbund gesucht und mehrere Schlüssel ausprobiert hatte. Er schob das knarrende, schwergängige und an den mechanischen Teilen leicht eingerostete Holztor nach links. Die Führungsvorrichtung schien sehr stabil zu sein, was auch nötig war, um den Windkräften widerstehen zu können.

Neben einem Kompressor und vollen Regalen und Ablageflächen konnte man mehrere Arbeitsböcke ausmachen, von denen die zwei vorderen den Blick auf sich lenkten. Auf dem rechten stand das Gipsmodell eines lebensgroßen, abstrahierten Schwans und auf dem linken eine Kopie des Modells aus weißem Marmor. Der Körper war bereits fertig. Laut Aari musste noch die kleine Bugwelle gearbeitet, die Plinthe, welche zugleich die Wasseroberfläche bildete, eingeebnet und beides anschließend geschliffen werden. Ferner erklärte er Albert die Schritte zur Fertigung des Gipsmodells und die Abläufe beim Übertragen in Stein mittels Punktiergerät, was dieser interessiert aufnahm, da er mit dem Thema Steinbildhauerei vorher nie in Berührung gekommen war.

Da Yuuki losgezogen war, erklärte sich Albert bereit, für ihn einzuspringen, beim Transport der jeweiligen Kisten zu helfen und den einen oder anderen Inhalt schon an den in der Laube dafür vorgesehenen Platz zu legen. Das führte – gemeinsam mit der fortwährenden Unterhaltung – zum unbemerkten Verstreichen des Nachmittags. Sie wurden sich erst in dem Augenblick darüber klar, als Agnes ihren Kopf in die Hütte steckte, um ihnen zu sagen, dass man sich bald um das Abendessen kümmern würde, da die Kühlschränke wieder reichlich gefüllt waren.

# Teil 11 – Der Park

Albert wusste nicht, wohin die Zeit verschwand. Der Wind musste sie mit sich tragen und ungesehen irgendwo verteilen, denn er verlor das Gefühl für die Wochentage und wunderte sich, wie die anderen Termine im Kopf behalten konnten, zumal bis auf Agnes und Walther alle den Eindruck erweckten, einfach in den Tag hinein zu leben. Von außen betrachtet hätte er gesagt, dass er sich in etwas wie einem Ameisenhaufen befand, der dem Auge Wildheit und Unordnung bietet, bei genauerer Betrachtung aber ein in sich wunderbar funktionierendes System darstellt.

Ein wichtiger Drehpunkt dieser Ordnung war das Abendessen, welches man alternativ als Versammlungsritual betiteln konnte. Mal kochte eine Person, dann mehrere oder gar alle. Wie hierbei was geschah, ergab sich meist im Laufe des Tages von allein oder jemand meldete sich dafür an, die Arbeiten zu übernehmen. Man nutzte das Kochen und das anschließende Essen, um Probleme zu besprechen, Informationen auszutauschen oder sich einfach zu unterhalten, denn – was Albert schnell realisiert hatte – bei den Bewohnern von *Nebelthron* handelte es sich ausschließlich um Menschen, die im Herzen Eigenbrödler waren. Er nahm an, dass genau diese Tatsache das Zusammenleben ohne gravierende Reibereien ermöglichte. Und wenn man sich doch einmal stritt, so ging man in aller Regel sachlich mit der Situation um oder es gab jemanden, der sich schlichtend einschaltete, denn eine vergiftete Atmosphäre hätte für eine so kleine Gruppe auf längere Sicht das Ende bedeutet, was ihm Walther in einem Gespräch bestätigt hatte. Es war ein stetiges Geben und Nehmen, ein Miteinander, denn man verfolgte ein gemeinsames Ziel, eine Vision – Freiheit.

Ohne dass es Albert bewusst mitbekommen hatte, wurde er vom eingeladenen Besucher zu einem vollwertigen Teil der Gruppe. Er ging zur Hand, wo es die anderen auch taten, machte Besorgungen, erledigte dies und das und machte sich aufgrund der Beschäftigungen immer seltener Gedanken über die Trennung. Er war für sich dabei zu erlernen, wie man den Moment lebt, ohne zu sehr in die Zukunft zu streben oder zu tief in der Vergangenheit zu graben.

Wenn sich jemand telefonisch bei ihm meldete, erzählte er, je nach Wissensstand der Person, die Geschichte einer kleinen Auszeit, die er mit Reisen verbrachte. Es sei noch nicht abzusehen, wann er wo wieder Fuß fassen konnte, würde und wollte. Das war nicht erlogen und unterband zugleich, dass sich jemand unnötig Sorgen machte. Er folgte so zusätzlich der Regel, Außenstehenden nichts von der Gruppe zu verraten.

Der weitläufige Park im Nordosten der Stadt lag unter dem Dach der im Wind rauschenden Laubbäume und wurde teils von Trampelpfaden und teils von Wegen durchzogen, die mit Kies bedeckt waren, der die Pflanzen mehr schlecht als recht davon abhalten konnte, dort zu wachsen, wo sie wollten. Die Stämme der Bäume waren von Rankenwerk überwuchert, das hier und da von den Ästen hing und den Betrachter – genau wie in der Kirche – dazu verleitete, Parallelen zu einem Urwald zu ziehen. Der Park schien mehrmals pro Jahr gründlich gepflegt zu werden, denn es gab dort keine Überreste von umgestürzten Bäumen, kaum wildes Gestrüpp und kein so hohes und verflochtenes Gras, dass es sich beim Durchqueren anfühlte, als würden die Halme danach trachten, einen festhalten zu wollen. Gräser, Blumen und Farne bedeckten die Flächen zwischen den Bäumen, die mehr aufgelockert als gedrängt standen und auf diese Art den Spagat zwischen ausreichendem Schatten und nötigem Licht schafften.

Besonders interessant waren lebensgroße Steinskulpturen, die nach einem nicht erkennbaren Verfahren ihren Standort zugeteilt bekommen hatten. Es gab zum Beispiel posierende Edelmänner und Edeldamen, stolze Ritter, sanfte Schönheiten und Personen mit angespannten oder melancholischen Blicken. Im Schutz der Baumkronen und der Kletterpflanzen, welche die Körper umhüllten, hatten es die Werke ungeachtet der Verfärbungen geschafft, sich dem Verfall der Zeit besser zu widersetzen als ihre Verwandten auf dem Friedhof oder der Pegasus im Zentrum der Stadt.

In der Anlage standen Pavillons, die untereinander ein regelmäßiges Fünfeck bildeten, auf dessen Mittelpunkt – zugleich auch der des Parks – die Stufen zu den Eingängen deuteten. Sie waren trotz der abblätternden Farbe gut erhalten und lagen mit ihren kunstvollen Verzierungen ebenfalls unter Pflanzen bedeckt, wurden aber so weit regelmäßig von diesen befreit, dass man sie betreten und den Blick in die Umgebung genießen konnte. Jeder von ihnen war vom Grundriss her kreisförmig und verfügte über ein Kuppeldach. Sie säumten einen Teil des Parks, in dem es keine Bäume gab und der einen Durchmesser von etwa 80 Metern hatte.

Albert setzte sich auf die zweite Stufe eines Pavillons und ließ sich die wärmende Sonne des sonst recht kühlen Tages ins Gesicht scheinen, als sich kurz darauf von schräg links Reinhart näherte. Dieser joggte mit freiem Oberkörper und steuerte aus den Schatten der Bäume heraus geradewegs auf Albert zu.

„Sitzen ist kein Sport", scherzte Reinhart, als er angekommen war und sich leicht außer Atem rechts von Albert auf die Stufe setzte.

„Ich war nie sonderlich sportlich. Und an der frischen Luft spazieren ist erstens besser als gar nichts und zweitens durchaus gesund."

„Das stimmt allerdings."

Albert fielen wieder die zwei Tätowierungen auf, die Reinhart trug und die er bisher nie aus der Nähe gesehen hatte. Auf dem linken Oberarm konnte man einen Galgenstrick mit zwei darunter gekreuzten Sensen erkennen. Der Strick sah im Unterschied zu den sauber dargestellten Sensen aus wie mit vielen Linien skizzenhaft gezeichnet oder gekrakelt und bestand neben der ovalen Schlinge aus drei darüber liegenden Balken, welche den Knoten symbolisierten. Auf der linken Brust befand sich ein Schriftzug, der kreisförmig angeordnet war und aus einer Fraktur bestand. Die obere Hälfte des Kreises bildete das Wort „HASS" und die untere das Wort „LEYD", jeweils durch einen mittig gesetzten, rautenförmigen Punkt getrennt. Den Raum innerhalb des Kreises füllte ein gleichschenkliges Kreuz.

„Was ich dich letztens schon fragen wollte: Was bedeuten deine Tattoos?"

Reinhart schaute kurz auf seinen Oberarm. „Das bedeutet für mich, dass der Tod allgegenwärtig ist, mir dadurch Kraft gibt und mich antreibt."

„Wie ein Strick im Schrank, den man jederzeit nutzen kann. Es beruhigt einen."

„Genau. Aari, Walther, Yuuki und Agnes haben ihn auch. Bei Julia bin ich mir nicht sicher und Francis hat ihn nicht. Die Sensen waren meine Idee, weil es mir so besser gefällt. Die anderen haben sie nicht."

Albert wunderte sich. „Eine Art Erkennungszeichen?"

„Ja. Soweit ich weiß, gibt es das auch in anderen Gruppen. Einige sammeln die Tattoos auf ihren Reisen. Man kann es sich hier aber offiziell erst nach zwei Jahren stechen lassen. Eine ungeschriebene Regel, von der ich gar nicht weiß, wer sie festlegte. Man müsste dazu Walther befragen. Möglicherweise geht das alles auf ihn zurück, ich weiß nicht. Jedenfalls kann es Francis deshalb gar nicht haben, weil sie noch nicht so lange dabei ist." Er dachte kurz nach, denn ihm war aus einem unerfindlichen Grund nie in den Sinn gekommen, nach dem Ursprung dieser Tradition zu fragen. Er entschied, es am Abend nachzuholen und zugleich herauszufinden, ob die anderen davon wussten oder nicht.

„Und das andere?"

Reinhart senkte den Blick und strich sich mit der rechten Hand über die Buchstaben. Ohne aufzusehen sagte er: „Das steht für das, was in mir ist. Vor etwas mehr als fünf Jahren starben meine Frau und meine Tochter bei einem Raubüberfall."

„Das tut mir leid", sagte Albert, dem diese Worte bereits mit ihrem Verklingen vollkommen unpassend erschienen; sie waren abgedroschen. Natürlich änderten Worte nichts an einer solchen Situation, aber er hätte sich seiner Meinung nach einen anderen Satz überlegen sollen. So gab es nur diese ernst gemeinte Aussage, die so dahingerotzt klang, dass man sie eigentlich gar nicht ernst nehmen konnte.

Reinhart sah leicht lächelnd auf die Wiese vor sich und ließ die Hand von seiner Brust sinken. „Mir tut es leid, dass es nicht mich erwischt hat."

„Wurde der Täter gefasst?"

„Nein. Und es macht mich krank, dass dieser Scheißkerl noch frei herumläuft und vielleicht noch weitere Leben ausgelöscht und zerstört hat. Oder das genau jetzt tut." Bei diesen Worten spannten sich alle Muskeln seines Körpers und verliehen dadurch der inneren Wut ein äußeres Bild. „Es ist eines der vielen Verbrechen, die wohl nie aufgeklärt werden können. Gestohlener Wagen, gestohlene Waffen und unbekannte Räuber. Da stehen die Chancen mehr als schlecht."

Da Albert mit solchen Themen außer im Fernsehen nie in Berührung gekommen war, schwieg er, da er hierzu keinen halbgaren Gedanken äußern wollte. Vermutlich war es dieses Verhalten, welches Reinhart dazu brachte, sich zu erheben.

„Ich habe noch mehr als eine Stunde vor mir, wenn ich diszipliniert bleibe", sagte er und sah auf seine Armbanduhr, um eine Bestätigung für seine Annahme zu erhalten. Er verabschiedete sich, wandte sich nach rechts und verschwand hinter dem Pavillon.

Albert fühlte sich schuldig, da er durch seine Frage unter Umständen Öl in das Feuer gekippt hatte. Die Tatsache, es ohne Absicht getan zu haben, half ihm keineswegs. Leider verstärkte sich durch die gewechselten Worte der Eindruck, Reinhart nicht einordnen zu können, denn ihm fehlte trotz zahlreicher Unterhaltungen nach wie vor der Zugang zu dem Mann. Er war sich aber sicher, dass sich das sterile Bild ändern würde, da er selbst nicht gerade ein offenes Buch war. Eventuell wahrte Reinhart die Distanz, weil er seinerseits Albert nicht einschätzen konnte. Dafür sprach, dass er mit Walther über seine Vergangenheit gesprochen haben musste, denn dieser hatte vor Albert die „komplizierte Geschichte" erwähnt. Und er war im Gegensatz zu allen anderen der Neue in der Stadt, was ein gewichtiger Faktor war.

Er stützte sich mit den Ellenbogen auf die vierte Stufe und lehnte sich zurück. Zwar drängte ihn seit geraumer Zeit der Appetit dazu, sich zum Haus zu begeben und etwas Essbares zu suchen, doch er entschied, lieber noch eine Weile zu bleiben, in der Sonne zu entspannen und nachzudenken.

## Teil 12 – Trug und Wahrheit

Der Anruf an diesem verregneten Herbsttag ließ
ihn alles um sich herum vergessen. Seine Gedanken entglitten ihm und wichen einer Stille, die ihn
wie eine dicke Schicht aus Watte umgab; wie die
endlose Ruhe während eines einsamen Waldspa-
ziergangs an einem Wintermorgen, an dem wein-
traubengroße Schneeflocken ihren lautlosen Weg
zum Boden suchen und dabei die Reste all jener
Klänge ersticken, welche die Hürde von ver-
schneiten Hecken, Sträuchern und Bäumen erfolgreich zu meistern verstanden.

Die Stimme des Polizeibeamten am anderen
Ende der Leitung erklärte auf nähere Nachfrage
durch den Nebel in Reinharts Kopf hindurch, dass
gegen 14:30 Uhr zwei bewaffnete Männer eine
Tankstelle betreten und alle darin befindlichen
Personen mit Schusswaffen bedroht und von dem
Kassierer Geld gefordert hatten. „Wir wissen
nicht, was genau passierte, aber etwas veranlasste
einen der Räuber, das Feuer zu eröffnen. Es starben insgesamt vier Personen. Der einzige Über-
lebende ist der Kassierer, der allerdings schwer
verletzt auf der Intensivstation in einem künst-
lichen Koma liegt. Es gibt leider keine Zeugen,
aber dank der Überwachungsvideos haben wir
immerhin das Kennzeichen des Wagens, mit dem
die maskierten Männer entkamen." Nach einer
kurzen Pause fügte der Mann hinzu: „Ihre Tele-

fonnummer fanden wir in der Brieftasche ihrer Frau."

Reinhart hörte schon gar nicht mehr hin und drückte das Gespräch am Handy weg. Er nahm seine Jacke von der Stuhllehne und verließ ohne ein Wort das Bürogebäude, in dem er arbeitete.

Am Abend traf er vor seinem Haus zwei Polizisten an, die bis dato vergeblich versucht hatten, ihn zu erreichen. Diese unterrichteten ihn über den aktuellen Stand der Ermittlungen und erklärten ihm den weiteren formalen Ablauf. Reinhart nahm alles zur Kenntnis und äußerte den Wunsch, Frau und Kind nochmals sehen zu dürfen. Er vermutete, dass man die Beamten auch geschickt hatte, um ihm Unterstützung zukommen zu lassen, denn vor einigen Stunden waren immerhin seine Ehefrau und die gemeinsame, siebenjährige Tochter umgekommen; und das wäre Grund genug gewesen, sich eine Kugel in den Kopf zu jagen oder zumindest den starken Drang danach zu verspüren.

Zwei Tage später nahm er schweigend und mit einem Kuss auf die Stirn Abschied von seiner Familie. Die Geschosse hatten sie nicht entstellt; darüber war er froh.

Die Beisetzungen im kleinen Kreis fanden kurz darauf statt. Beim Verlassen des Friedhofs fiel ihm auf, dass ihn die Beileidsbekundungen von Freunden und Angehörigen kalt ließen, ihm regelrecht egal waren. Viel wichtiger war für ihn die Frage nach dem Schützen und wo er ihn finden konnte.

Ehe er den Motor seines Wagens startete, wusste er, wen er anrufen würde, um der Antwort auf diese Frage näher zu kommen. Die Polizei selbst machte ihm wenig Hoffnung. Man hatte den Wagen und die Waffen gefunden, allerdings war alles als gestohlen gemeldet worden. Ferner hatte man keine verwertbaren Fingerabdrücke finden können. Das Verbrechen schien eines von jenen zu sein, bei denen man sich nur auf das Glück und den Zufall verlassen konnte, um es aufzuklären – und genau das wollte Reinhart nicht akzeptieren.

Aus seiner Zeit bei der Armee kannte er Leute, zu denen der Kontakt nie abgerissen war und welche wiederum andere Leute kannten, denen Kanäle offen standen, die einem normalen Polizeibeamten für immer verschlossen bleiben würden. Er wusste, dass die Arme dieser Verbindungen unter anderem bis in die organisierte Kriminalität reichten, was genau das war, wovon er sich Hilfe versprach. Denn wenn er über alte Bekannte an diese und jene Information kommen konnte, so war es möglicherweise auch für einen dieser Kontakte machbar, an Hinweise bezüglich dieser beiden Männer zu kommen; daraus schöpfte er Mut.

Im Verlauf des nächsten Jahres löste er alle Konten auf – seinen Job hatte er verloren, da er nach dem Tod seiner Familie einfach nicht mehr im Büro erschienen war –, veräußerte das Haus, die beiden Autos und machte bis auf die Kleidung an seinem Leib alles zu Geld, was irgendwie zu Geld zu machen war.

Am ersten Todestag seiner Frau und seiner Tochter mietete er sich nach dem Studium der Wettervorhersage für drei Tage ein motorisiertes Boot und eine Anglerausrüstung. Mit reichlich Proviant und Alkohol legte er daraufhin ab und fuhr hinaus auf die offene See.

Den ersten Tag und die erste Nacht verbrachte er mit Whiskey und einigen Filmen, die er auf dem kleinen Fernseher sah, der sich an Bord befand. Am Abend des zweiten Tages frischte der Wind auf und kündigte das erwartete Unwetter an. Gegen 23:00 Uhr ging Reinhart unter Deck und nahm die kleine Tasche mit all seinem Vermögen, das wasserdicht verpackt war. Er griff eine Taschenlampe, löschte das Licht auf dem Boot und begab sich auf die Brücke, wo er noch einmal die gegenwärtigen Koordinaten mit denen verglich, die er vor Wochen zusammen mit der Uhrzeit persönlich weitergegeben hatte. Die Bestätigung war durch einen Münzfernsprecher übermittelt worden. „Wie abgemacht", hatte er gesagt und den Hörer wieder in die Gabel gehängt.

Er hörte das Boot und sah das Leuchten der dortigen Taschenlampe. Er leuchtete kurz zurück und wartete, bis das Boot bei ihm war. Er warf die Tasche hinüber und erhielt zeitgleich eine Schwimmweste, welche er anlegte. Daraufhin schaltete er die Taschenlampe aus, legte sie auf der Brücke auf eine Ablage und entledigte sich seiner Schuhe, die er einfach in eine Ecke stellte.

„Der Sturm soll schnell zunehmen", rief eine Männerstimme vom anderen Boot.

„Das soll er auch", antwortete Reinhart und sprang ins Wasser, um es kurz danach über die Badeplattform des anderen Bootes wieder zu verlassen. „Ich hoffe, du hast alles abgestellt."

„Sicher. Außer der Taschenlampe und dem Motor funktioniert nichts mehr. Man wird uns nicht finden. Ich habe vier Reservekanister Diesel dabei, so dass alles kein Problem sein wird."

„Gut", sagte Reinhart, der die Weste nebst den nassen Kleidern ablegte und mit der Taschenlampe des Mannes unter Deck verschwand, um sich dort seine kurzen Haare und den Bart abzurasieren, während das Boot Fahrt aufnahm. Er zog sich frische Kleidung an, die der Mann organisiert hatte, setzte eine Brille mit Null-Dioptrien-Glas auf und begab sich zurück an Deck.

„Ist alles vorbereitet?" fragte er und öffnete ein Bier, das ihm im Dunkel gereicht wurde.

„Ja", ertönte es knapp, gefolgt vom Geräusch von zwei zusammenstoßenden Bierflaschen.

Zwei Tage später fand man das verwüstete und führerlose Boot. Reinhart ließ Erkundigungen anstellen und erfuhr, dass man davon ausging, er sei vom Sturm überrascht worden, über Bord gegangen und ertrunken. Somit war sein Plan zu seiner vollen Zufriedenheit aufgegangen und er konnte sich in Ruhe anderen Dingen widmen, wenn es das Chaos und der traumgleiche Nebel in seinem Kopf zulassen würden.

Reinhart war nicht sein richtiger Name. Er erhielt ihn als neue Identität zusammen mit seinen Papieren Tage später in einer anderen Stadt über die ihm zur Verfügung stehenden Kanäle. Da die Nachforschungen nur sehr langsam bis gar nicht vorangingen und er darauf keinerlei Einfluss hatte, besorgte er sich immer wieder einen kleinen Job, um sich abzulenken von den quälenden Gedanken, den Fragen und den Vorwürfen sich gegenüber, auch wenn ein Teil von ihm wusste, wie ungerechtfertigt sie waren.

Durch eine Hausmeisterstelle kam er schließlich mit einem Aussteiger ins Gespräch und nach etwa einem halben Jahr in die Gruppe, die mehrere Wohnungen in dem Haus gemietet hatte, in welchem er arbeitete und zudem in einer kleinen Dachgeschosswohnung lebte.

Er bereiste anschließend mit einigen Aussteigern die verschiedensten Städte und strandete letztendlich in *Nebelthron*, von wo aus er darauf wartete, zwei Namen und dazugehörige Adressen übermittelt zu bekommen. Körperlich arbeitete er auf den Tag der Konfrontation hin und veränderte sich so im Laufe der Zeit zu der Person, die er nun war. Er nahm Unterricht in verschiedenen Kampfsportarten und verinnerlichte den Siegeswillen, den die Krieger längst vergangener Tage mit sich in die Schlacht geführt hatten. Da er genau wusste, was er wollte, konnte er sich diesen Dingen von ganzem Herzen widmen. Die ihm mittlerweile bekannte und tiefere Bedeutung seines zufällig erworbenen Namens trieb ihn voran, genauso wie der Hass, der in ihm pulsierte. Auf der anderen Hand ließ ihn die Hoffnung in seinem

Inneren geduldig verharren, denn er konnte nicht sagen, wann der entscheidende Tag anbrechen würde ...

## Teil 13 – Unter den Sternen

Bis auf den sanften Gesang des Meeres war alles still; selbst der Wind hatte sich in dieser lauen Nacht zur Ruhe gelegt. Nur die Sterne leuchteten und funkelten am Himmel, der weit weg von der nächsten Stadt schwärzer wirkte als sonst.

Albert war im Westen nahe des Friedhofs über eine der Steintreppen auf die Stadtmauer gestiegen und fragte sich bei einem senkrechten Blick in die Höhe, wie malerisch das Firmament sein musste, wenn er mitten im Pazifik auf einem Boot wäre, allein unter all den fernen Lichtern.

Er hatte keinen Schlaf finden können und sich nach endlosem Herumwälzen im Bett dazu entschieden, einen Spaziergang zu unternehmen, um die verlorene Müdigkeit zu suchen. Er hatte sich zwar erschöpft hingelegt, war aber ohne ersichtlichen Grund wach geblieben. An einem anderen Ort hätte er nicht den leisesten Gedanken daran verschwendet, mitten in einer schlaflosen Nacht das Haus zu verlassen, um sich die Beine zu vertreten. Aber er war hier an diesem eigenwilligen Ort, wo kaum etwas sonderbar zu sein schien; erst recht kein Ausflug in eine zauberhafte Nacht wie diese.

Da in nördlicher Richtung das Loch in der Mauer war, schlug er den Weg nach Süden ein, um möglichst viel der Stadt in einem Stück umrunden zu können. Auch hatte er kurz darüber nachgedacht, bis zum Stadttor zu gehen und von dort aus auf der Außenseite zu laufen, es aber aufgrund der in der Dunkelheit erhöhten Sturzgefahr als zu riskant befunden.

Der vorhandene Mauerschaden sollte in wenigen Wochen von einer Baufirma behoben werden. Laut Walther war die Ausbesserung des mehr ästhetischen als gefahrentechnischen Problems bisher einzig daran gescheitert, dass man sie nicht konsequent in die Wege geleitet hatte. Weil sich der Verfall nicht wie ein Brand ausbreitete und den Rest der Mauer nicht gefährdete, hatte keine Dringlichkeit bestanden, das Vorhaben umzusetzen. Wenn man der Auftragsbestätigung Glauben schenken durfte, würde das Loch bald der Vergangenheit angehören.

Das Meer rauschte und seine Schritte klangen unter ihm, wo er immer wieder auf Steinchen trat und diese zum Knirschen brachte. Im schwachen Licht der Sterne konnte er schemenhaft Unkraut und Gräser ausmachen, die aus den Fugen wuchsen. Dabei kam ihm der Gedanke, vielleicht einige Tage damit zu verbringen, das Mauerwerk davon zu befreien und den einen oder anderen Riss mit Mörtel zu verschließen.

Das monotone Laufen führte mit seinen immer gleichen Eindrücken zum Aufblitzen verschiedener Erinnerungen, die sich in die hinteren Winkel seines Schädels zurückgezogen hatten. Mancher Gedankenstrang verzweigte sich wie ein sich öffnender Fächer, ein anderer endete an einer schwarzen Wand. Er blickte auf die letzten

Wochen zurück, sprang im Geiste von der Vergangenheit in die Gegenwart, wagte einen Blick in die unbestimmte Zukunft und landete letztendlich wieder auf der Mauer, wo ihm plötzlich bewusst wurde, schon die Hälfte der Stadt umrundet zu haben und sich nun auf der Rückseite des Anwesens zu befinden. Er blieb stehen, lehnte sich mit den Unterarmen auf die Brüstung und sah in das Dunkel, das sich vor ihm ausbreitete.

Walther hatte ihm gesagt, dass das Grundstück verschlossen sei, weil ein Nachfahre des einstigen Besitzers noch lebte, mit dem Walther wiederum über mehrere Ecken bekannt war. Es war auch zur Sprache gekommen, Albert bei Interesse einmal herumzuführen und ihm alles zu zeigen.

Nach einer Weile erhob er sich, rieb sich kurz die vom Stein kalten Unterarme und setzte den Weg fort, der ihn am Grundstück des Anwesens vorbei nach Norden führte und von dort aus nach Westen, wo er an der Treppe bei der zerstörten Stelle anhielt, ohne sich daran erinnern zu können, ob er kürzlich einen Windstoß gespürt oder etwas neben seinen Schritten und dem sachten Rauschen des Meeres vernommen hatte.

Auf einmal hörte er vor sich ein leises Ausatmen unterhalb seiner Position. Ein Blick in die entsprechende Richtung zeigte ihm das Glimmen einer Zigarette. „Francis?" fragte er auf gut Glück, denn er hatte sie immer wieder an dieser Stelle gesehen, zuletzt am Vorabend.

„Kannst du auch nicht schlafen?" fragte sie, woraufhin sich das Glimmen bewegte, in seiner

Lage verweilte, heller wurde und zurück in die alte Position schwebte, gefolgt von einem weiteren Ausatmen.

„Leider nicht", antwortete er und schüttelte dabei instinktiv ungesehen den Kopf. Er wandte sich nach links und verließ die Mauer, um sich zu Francis zu gesellen. Vorsichtig stieg er über die Trümmer auf die Außenseite der Mauer und lief an Francis vorüber, um sich zu ihrer linken Seite ebenfalls auf den Boden zu setzen und mit dem Rücken an die Wand zu lehnen.

„In dieser Stille geht die Phantasie mit einem durch", sagte sie und nahm einen Zug. „Man denkt immer, etwas zu hören oder zu sehen, obwohl da gar nichts ist." Sie drückte den Rest der Zigarette neben sich aus und nahm die Schachtel zur Hand. „Möchtest du eine?" fragte sie und hielt ihm die Packung hin.

„Nein, danke."

Sie nahm eine Zigarette heraus, zündete sie mit einem Sturmfeuerzeug an und nahm einen Zug.

Albert sah vor sich in die Ferne, wo er auf der linken Seite die Klippen und den Wald nur deshalb erahnen konnte, weil es dort keine Sterne zu sehen gab. „Wenn du zum Beispiel nachts in einem Wald bist und dich lange genug umsiehst, denkst du, dass sich die Büsche bewegen."

„Ist das so?"

„Ja."

„Und man denkt sehr viel nach, weil man mit sich allein ist und von nichts abgelenkt wird. Ich mag das."

„Worüber hast du denn bis eben nachgedacht?"
fragte Albert.

„Über Erlebnisse aus meiner Vergangenheit.
Einmal wachte ich durch ein Geräusch mitten in
der Nacht in meiner damaligen Wohnung in meinem Hochbett auf. Ich sah mich um und erkannte
meine Mitbewohnerin, die weinend in der Zimmertüre stand. Ich kletterte aus dem Bett und umarmte sie und fragte, was los sei. Sie meinte, sie
könne einfach nicht mehr. Und ich konnte sie so
gut verstehen. Auch heute noch. Ich bin mir nicht
einmal sicher, ob sie überhaupt weiß, dass wir
uns tief im Inneren sehr ähnlich sind. Wir haben
in kurzer Zeit viel durchgemacht und das
schweißte uns zusammen. Solche Menschen sind
wichtig." Sie nahm einen Zug und schwieg einen
Moment lang, ehe sie weitererzählte.

„Was war da noch? Ach ja. Vor einigen Jahren
war ich mit einer Freundin zu einem Geburtstag
eingeladen. Wir saßen alle fröhlich auf der Ter-
rasse und plötzlich wurde ich traurig und hätte
beinahe geweint. Das passiert mir leider oft, wenn
ich trinke. Jedenfalls setzte sich die Freundin neben mich, sah mich an und fragte, was mit mir los
sei. Dann konnte ich es nicht mehr zurückhalten.
Ich sprang auf und lief schnurstracks ins Haus
und auf die Toilette, wo ich mich einsperrte und
heulte. Als ich mich beruhigt hatte, traute ich
mich mit meinen roten Augen wieder raus und
traf ein blöd guckendes Weib, das an mir vorbei
auf das Klo wollte. Ich ging dann nicht zu den
anderen, sondern in das Wohnzimmer, wo eine

Bekannte auf der Eckcouch eingeschlafen war. Ich setzte mich neben sie und weinte wieder, aber leise, um sie nicht zu wecken. Irgendwann ging ich zurück nach draußen, setzte mich neben die Freundin und erzählte ihr, was passiert war. Sie sagte mir, dass sie auch schon geweint hatte, genau wie die Bekannte drinnen auf der Couch.

Wir witzelten nach dem Geburtstag ab und zu herum: Wir könnten das nächste Mal ja zusammen weinen. Ein Jahr später wurden wir dann wieder eingeladen. Der Kumpel spielte abends traurig klingende Lieder auf seiner Gitarre und sang dazu, was uns wieder das Wasser in die Augen trieb, weil wir eine recht beschissene Zeit hatten. Sie hatte sich in einen neuen Kerl verliebt, der aber nichts von ihr wollte, und mich hatte mein damaliger Freund wegen einer anderen verlassen. Danach verlief der Abend normal, bis ein erneuter Griff zur Gitarre folgte. Bei einem Liebeslied sprang zuerst die Freundin auf und lief ins Haus. Ich kämpfte noch einige Minuten und ging ihr dann nach. Sie saß im dunklen Flur neben der Küche auf dem Boden an der Wand und weinte. Ich setzte mich neben sie, nahm sie in den Arm und weinte mit.

Wir hätten wirklich nie gedacht, dass das mal passieren würde. Erst recht nicht nach unseren Witzen darüber."

„Das sind auf ihre Art trotzdem schöne Erinnerungen", sagte Albert, als Francis an ihrer Zigarette zog.

„Ja."

Seit Albert sie kannte, wirkte sie vorwiegend freudlos und verloren und verhielt sich unauffällig und leise, als wäre sie nur ein Schatten, der ohne Körper durch die Welt reist. Er war der Auffassung, sie solle öfters lächeln und lachen, denn das stand ihr überaus gut.

„Und was waren deine Gedanken?" fragte Francis unerwartet, atmete Qualm aus und sah kurz zu Albert, wonach sie den Blick wieder auf die Sterne richtete.

Er ordnete die Erinnerungen, die er auf seinem Rundgang gehabt hatte, und griff jene auf, die auf der einen Hand nicht zu persönlich und auf der anderen denen von Francis im Bezug auf Offenheit ebenbürtig waren. Er kannte sie einfach noch nicht gut genug, um frei heraus über alles sprechen zu können, was ihm durch den Kopf ging.

„Ich dachte an ein Mädchen. Eines Abends besuchte ich sie spontan und weil wir nicht recht wussten, wohin wir gehen sollten, verschlug es uns an einen Fluss, wo wir uns nebeneinander auf eine Decke setzten und uns unterhielten. Mit der Zeit wurde es dunkler und kühler und wir deckten uns mit einer zweiten Decke zu und schmiegten uns aneinander, während der Vollmond über die Wälder und Berge in der Umgebung stieg. Irgendwann gesellten sich drei Schwäne zu uns, denn es gab an der Stelle eine kleine Bucht, wo das Wasser ruhiger war. Sie trieben mit ihren Köpfen unter den Flügeln vielleicht zwei oder drei Meter vom Ufer entfernt. Ab und zu machten sie seltsame Geräusche, die man deutlich hören konnte, denn es war sonst überall still. Genau wie hier, wenn man das Meer ausgrenzt. Wir fragten uns, was sie wohl für aufregende Abenteuer in ihren Träumen erlebten. Wir beobachteten sie die ganze Nacht und sprachen extra leise, um sie nicht zu stören. Über den Sinn der Aktion könnte man nun streiten." Er lachte leise, als die Bilder in seinem Gedächtnis lebendig wurden. „Wir blieben bis zum Morgen, bis der Nebel aus den Wiesen und Wäldern stieg und unaufhaltsam dichter wurde.

Wir liefen anschließend auf einen nahegelegenen Weinberg, der auch dunstverhangen war, und legten uns mit den klammen Decken etwas abseits vom Weg ins Gras und schliefen dort nebeneinander ein. Wir wachten nachmittags auf, weil es unter der Decke, die wir uns bis über die Köpfe gezogen hatten, zu warm wurde. Dann unterhielten wir uns eine Weile und zogen los, um uns Essen und Trinken zu besorgen. Danach liefen wir zurück auf den Weinberg und von da aus in einen Wald in der Nähe. Dort gab es eine Senke, die einst ein See gewesen war. Sie erklärte mir, dass sie zuhause Fotos davon hatte. Wir breiteten in der Mitte die Decken aus, die in der Zeit getrocknet waren, und setzten uns, aßen, tranken und unterhielten uns. Abends zündeten wir Teelichter an, die wir gekauft hatten, verteilten sie um uns herum und tranken Bier.

Ich weiß noch, wie ich mitten in der Nacht aufwachte und bemerkte, dass das Mädchen vor Kälte zitterte. Ich kuschelte mich an sie und sie bedankte sich. Keine Ahnung, wie lange sie schon wach gelegen hatte. Wir schliefen direkt wieder ein.

Ich weiß noch, wie wundervoll es dort oben gewesen war. Man hörte Grillen im Gras und hoch über einem waren die Sterne, genau wie hier.

Den nächsten Tag verbrachten wir noch miteinander, bis sich unsere Wege wieder trennten."

Francis, die sich während der Erzählung eine weitere Zigarette angesteckt hatte, atmete aus und klopfte abgefallene Asche von ihrer Hose. „Erstaunlich. Da muss es erst Nächte wie heute geben, damit einem solche Geschichten wieder einfallen."

Damit lag sie richtig, dachte Albert.

Sie saßen noch einige Zeit zusammen, schwiegen, lauschten dem Meer und beobachteten die Sterne.

„Ich denke", sagte Francis, „ich werde mich ins Bett legen und versuchen, doch noch irgendwie zu schlafen."

„Dann wünsche ich dir eine gute Nacht."

„Danke. Ich dir auch." Damit erhob sie sich und verschwand mit immer leiser werdenden Schritten auf der anderen Seite der Mauer.

Albert, der sich in diesem Moment entspannt und leicht fühlte, blieb sitzen, da er nach wie vor nicht müde war und deshalb keinen Sinn darin sah, wieder ins Bett zu gehen. Ferner war er zu träge, um sich aufzuraffen und noch etwas durch die Gegend zu spazieren. Das führte dazu, dass er mit dem Kopf in anderen Zeiten und an anderen Orten die Nacht vor der Stadtmauer verbrachte.

Zwar schloss er ab und an die Augen, die Müdigkeit hielt sich jedoch beständig von ihm fern. Er beobachtete, wie das Licht der Sterne in das der windstillen und immer kühler werdenden Dämmerung glitt, welche bald die ersten Vögel dazu verleitete, ein Lied anzustimmen.

Er ahnte es bereits mit den zunehmend besser werdenden Lichtverhältnissen und sah sich schließlich bestätigt, als sich auf der linken Seite die Umrisse des Waldes abzeichneten und die Klippen nach unten hin auflösten: Das Wasser lag unter einer Schicht aus Nebel.

Er stand auf und stieg zurück auf die Mauer, um sich auf ihr im Uhrzeigersinn nach Osten zu begeben und den Sonnenaufgang zu beobachten. In seinem Kopf erklangen die Worte von Walther: „Deshalb heißt die Stadt *Nebelthron*.“

Als er den freien Blick über das Meer schweifen lassen konnte, war er gebannt von dem Spiel, das aufgeführt wurde, denn der nach oben strebende und sich verflüchtigende Nebel wurde an den Spitzen in das goldene Licht der aufgehenden Sonne getaucht; streckenweise waren die Schwaden so dicht, dass sie Schatten warfen, die sich im umgebenden Licht deutlich abzeichneten oder welche die feinen Strahlen in ihren Reihen hervorhoben.

Er stützte sich mit den Unterarmen auf die Brüstung und war mehr als froh, nicht geschlafen zu haben, denn dieser Morgen war unvergleichlich.

# Teil 14 – Tagebuch

Ich sitze hier in der Nähe eines rauschenden Wasserfalls und kann die Kühle spüren, die mit dem feinen Sprühnebel zu mir herübergeweht wird. Die Luft ist dadurch unglaublich frisch und tut mir und meiner Lunge gut. Ich hoffe nur, dass sich das Papier nicht wellt.

An sich sollte ich mir keine Gedanken machen, nicht hier und nicht jetzt, aber ich tue es. Wieder dieses nicht greifbare Stöbern in der Vergangenheit, die sich immer und immer wieder meines Kopfes bemächtigt. Möglicherweise wurde das alles nur überdeckt von der schönen Zeit, die ich momentan habe. Heute bleiben wir aber hier und jeder hat den Freiraum, sich etwas auszuruhen von den Wanderungen, Erlebnissen und Anstrengungen der letzten zwei Wochen.

Die Berge hier sind traumhaft. Sie sehen wie grüne Zuckerhüte aus, die aus dem Wasser ragen, das meistens spiegelglatt daliegt und den blauen Himmel reflektiert. Morgens sind die Spitzen der Berge von Nebel umhüllt und es sieht immer aus, als würde es in den Bergen brennen, weil der Nebel an den Hängen hervortritt und sich langsam nach oben züngelt. Man hört auch vereinzelten Vogelgesang, der durch den Dunst abgeschwächt wird. Ich würde es als unwirklich bezeichnen – zauberhaft unwirklich. Und es gibt Wasserfälle, die aus riesigen Höhen kerzengerade nach unten stürzen und wie Säulen wirken, die den Himmel tragen.

Um aber wieder auf das Thema zurückzukommen: Zwischen dem Hier und meiner Vergangenheit besteht zwar keinerlei Zusammenhang, aber schon beim Aufstehen vorhin dachte ich nach, warum auch immer. Eventuell lag es daran, weil ich wusste, dass heute ein entspannter Tag wird, was körperliche Anstrengung angeht. Dafür bin ich wirklich dankbar und meine Waden erst recht. Blasen lief ich mir glücklicherweise noch keine, aber mein linker Knöchel ist wund und nässt, was es nicht viel besser macht. Ich habe die Schuhe nun neben mir stehen, denn nichts ist besser für die Wundheilung als frische Luft, von der es ja, wie eingangs erwähnt, mehr als genug gibt.

Was ich hier besonders wertschätze ist ja, dass ich das ganze Elend nicht sehen muss, das mir sonst fast jeden verdammten Tag vor der Nase herumtanzt. Lärmende, beschissene Kinder, denen das Benehmen abhanden gekommen ist. Ich meine, ich bin nun 21, aber ich kann mich nicht erinnern, mich damals so bescheuert aufgeführt zu haben. Klar gab es auch welche von der Sorte, aber mit denen hatte ich zum Glück nichts zu tun. Heutzutage sieht man ja nur noch solche Kackbratzen, bei denen man davon ausgehen kann, dass sie nicht viel erreichen werden. Vielleicht sind die Eltern überfordert, einfach nur dumm oder alkoholabhängige Versager. Wie dem auch sei. Totprügeln sollte man die Plagen, zusammen mit ihren Eltern, die es nicht fertig bekommen,

keine potentiell asozialen Nichtskönner heranzu-
ziehen, die auch noch gute Luft wegatmen, denn
die wird bekanntlich immer knapper bei all der
Umweltverschmutzung.

Und ich bin glücklich, nicht diese ewig verbitterten, alten Menschen zu sehen, die zum Teil
meinen, die Nase ihres muffigen Körpers in die
Angelegenheiten anderer stecken zu müssen. Man
sagt ja, dass im Alter alles positiver gesehen wird.
Den Eindruck gewinne ich aber nicht. Diesen
verbitterten Abschaum würde ich auch totprügeln
wollen, ungeachtet der Dinge, die in ihren Jahren
erreicht und geleistet wurden – oder auch nicht,
sollte die Stärke im Versagen liegen. Sie sollen ja
nicht lachend durch die Gegend laufen. Sie sollen
einfach bei ihren Sachen bleiben und sich um
ihren Mist kümmern.

Natürlich vergesse ich dann noch die Abge-
stürzten, die sich immer auf den Straßen und in
und an Grünanlagen aufhalten und dort schon
morgens das erste Bier trinken und sich mit ihren
biertrinkenden Freunden unterhalten. Ich meine,
es schickt sich erstens nicht und zweitens lassen
sie zu oft ihren Müll liegen, was mich in der
Ansicht bestärkt, dass sie sich in der Wohnung
von einem dieser Idioten treffen und zu Tode sau-
fen sollten. Und wenn sie keine Wohnung haben,
dann sollten sie doch bitte unter einer abgelegenen Brücke sterben. Oder man prügelt sie tot.
Schicksal hin oder her, durch Alkohol wird es
nicht besser. Allenfalls erträglicher, aber nicht
besser. Und voran bringt es niemanden.

Und all die anderen, die sich für so cool halten und dabei doch nur Witzfiguren sind mit ihren seelenlosen Markenklamotten und ihrer Solarbräune. Cool sein und dann zum Teil nicht einmal einen fehlerfrei zusammenhängenden Satz sprechen können. Oder unfreundliche, arg unsympathische Menschen, wo man gar nicht wissen will, wie die Leute sind, die sich mit solchem Pack abgeben. Und „Radiomenschen". Diese seelenlosen Idioten, welche die neuesten Hits aus den Charts hören und deren Wohnungen alle gleich eingerichtet sind; jung und modern. Alle totprügeln.

Wenn ich es genau betrachte, könnte man von mir aus die meisten Menschen erschlagen.

Hier oben auf dem Berg zu leben wäre schön. Ich kann *Grenouille* verstehen; er konnte sie nicht riechen und ich mag sie nicht mehr sehen; er hatte seinen *„Palast der Düfte"* und ich hätte Wasserrauschen und Tierklänge um mich herum.

Das wäre es: Eine kleine Hütte auf einem der Berge hier. Mit einer überdachten Veranda, wo ich mich im Sommer auch bei Regen hinsetzen und sogar auf einer Couch schlafen könnte. Wo ich allerdings im Winter leben würde, das weiß ich nicht. Es sollte dann doch erst einmal ein Traum bleiben. Oder ich ziehe in eine Gegend, in der es ganzjährig angenehm warm ist und ich meine Ruhe habe. Aber nur schönes Wetter nervt auf Dauer ebenfalls. Nicht so arg wie Kälte, trotzdem ausreichend, um auch bei Sonnenschein irgendwann depressiv zu werden.

Aber auch dann würde ich ab und zu über die Vergangenheit sinnen und mich vielleicht sogar meistens geistig in ihr aufhalten. Ich weiß es nicht. Mir ist ja bewusst, dass ich das Gestern nicht ändern kann und die Zukunft nur zu einem gewissen Prozentsatz, von dem ich nicht einmal weiß, wie hoch er ist. Der Moment zählt. Und es kotzt mich ehrlich an, dass ich diesen Gedanken, diese Erkenntnis eigentlich schon lange besitze, nur leider nicht danach lebe. Der Moment zählt. Logisch. Theoretisch ist es mir bewusst, aber dennoch beschäftigt mich gedanklich immer wieder das Gestern und das Vorgestern und die Zeit davor. Ob ich es jemals lernen werde? Theorie und Praxis. Tag und Nacht.

Ich denke oft, dass mich nur eine Kugel davon befreien kann, denn sie zerstört das Gehirn, wo die Gedankenströme fließen. Ich schätze aber, es ist gut, dass ich keine Pistole besitze. Sie wäre wie ein Tor in eine andere Welt oder ein anderes Leben. Bleibt die Frage, ob das besser wäre. Mit etwas Pech würde ich bis in alle Ewigkeit durch einen Nebel schweben, wo mir die ganze Zeit der Wind durch das Loch im Schädel pfeifen und mich noch irrer machen würde als die offensichtliche Endlosschleife meiner Gedankengänge. Und spätestens dann würde ich mich fragen, wie ich nur so blöd sein konnte, mir eine Kugel in den Kopf zu jagen.

War früher alles besser oder bekam man als Kind nur nicht so viel von dem Mist mit, der einem heute die Nerven raubt? Oder verweichlicht man einfach? Ich meine, als Kind treibt man sich in einem See herum und die Lippen sind blau, weil man unterkühlt ist, aber man hat noch immer Spaß und hört nicht auf die Eltern. Und 10 Jahre später testet man kurz mit dem Fuß und setzt sich dann doch in die Sonne, wenn die Wassertemperatur nicht genehm ist. Eigentlich schade. Schrecklich.

Ich wurde letztens gefragt, woher denn meine Gedanken kommen, worauf ich antwortete, dass es die *Große Traurigkeit* sei und ich aufgrund meiner Vergangenheit die Erkenntnis gewann, dass die Welt ein schrecklicher Ort ist, wo schöne Dinge nur täuschen und den Blick verwässern.

Es fühlt sich oft wie eine Fäule an, tief in mir, wie eine Krankheit, die mich zersetzt. Sicher, in den letzten drei Jahren wandelte sich nahezu alles positiv, wenn ich die Zeit davor betrachte, aber die Gedanken sind noch da und lauern; sie lechzen nach mir. Ich und mein Umfeld haben sich verändert. Und meine Ziele, die ich mittlerweile verfolge. Man kann sagen, dass ich reifer wurde. Aber Ziele und Umfeld hin oder her, der Kern bleibt. Diese schlafende Krankheit, das Nest der Zersetzung.

Auf der einen Seite würde ich gerne auf der Autobahn einen „Unfall" haben, damit alles ein Ende hat und es im Dunkeln bleibt, ob ich es wollte oder nicht. Auf der anderen hätte ich Lust, fast jedem Menschen da draußen eine Kugel in den Kopf zu jagen, bevor ich gegen einen Baum fahre. Sollen die doch mit dem Pfeifen die Ewigkeit verbringen.

Und ich wurde gefragt, ob es in meinem Leben nichts gibt, das ich vermissen würde. Und ich sagte, dass es kleine Dinge wären, denen ich nachtrauern würde. Zum Beispiel das Geräusch, das ein Fahrscheinentwerter macht: Diese Mischung aus Klingeln und Stanzen. Ich könnte mich mit einem Stuhl vor so einen Automat setzen und den ganzen Tag gebrauchte Scheine hineinhalten. Oder die Momente, wo ich einen Vogel beobachte, der im Gras nach Würmern sucht und dabei immer wieder kurz zu mir blickt, um abzuwägen, ob er noch etwas näher zu mir hüpfen kann. Oder zwei Eichhörnchen, die sich im Frühling verliebt neckend gegenseitig durch einen Park jagen. Solche Dinge wären es. Keine Menschen, keine Freunde, keine Unbekannten.

Und ich sagte auch, man solle nur einen Blick in meine Augen werfen: Da ist nichts.

So, Tagebuch, ich werde dich nun zur Seite legen, mich in das Gras zurücklehnen und in den Himmel schauen, in der Hoffnung, in den wenigen Wolken Bilder zu erkennen. Bis bald!


PS: Ich sammle noch immer Kieselsteine als Handschmeichler. Es ist, als würden mich einzelne Steinchen aus den Massen heraus locken und darum bitten, sie aufzuheben und zu berühren; als würden sie meine Nähe suchen.

Da ich nicht jeden, den ich finde, mit mir durch die Gegend tragen kann, sammle ich im Laufe des Tages – sofern es sich ergibt – und suche mir abends den schönsten aus, so dass ich am Ende für jeden Tag einen Stein habe. Mit dieser Methode hält sich das Gewicht in Grenzen und ich nehme nur die schönsten Stücke mit und laufe nicht Gefahr, mich unnötig zu belasten, nur um später die Hälfte wieder in irgendeinen Fluss zu werfen oder über das Wasser springen zu lassen. Da ich nicht weiß, wie lange ich noch unterwegs sein werde, kann ich zur Not später eine weitere Auswahl treffen. Zum Beispiel für jede Woche einen.

Ich freue mich auch schon darauf, neue Handschmeichler in meine kleine Holzkiste zu legen und mich ab und zu hinzusetzen, sie anzusehen, sie zu berühren und damit in den Händen zu spielen. Ich sollte mir, wenn ich mal eine eigene Wohnung habe, dafür eine Ecke oder, wenn möglich, einen Raum einrichten. Das wäre klasse: Ein Raum mit einem weichen Teppich, auf den ich mich legen kann, wo nur die Kiste steht und eine kleine Stereoanlage. Ich könnte mich dann dort einschließen, alles andere aussperren und mich nur mit den Steinen beschäftigen. Ein schöner Gedanke.

## Teil 15 – Alte Geschichten

Albert sah in die Krone der Eiche, die sich vor ihm erhob und deren Blätter er theoretisch hätte berühren können. Praktisch bestand dabei die Gefahr, das Gleichgewicht zu verlieren und nach vorn zu kippen, was zur Folge gehabt hätte, dass er aus dem zweiten Stockwerk des Hauses hinab in das Erdgeschoss gestürzt wäre. Ihm war bereits in der Nähe der Kante unwohl, wo der Boden des Zimmers – oder besser der Nische, die einst ein Zimmer gewesen war – endete. Er wollte nicht bis ganz an den Rand treten, da er nicht wusste, wie weit der Verfall der Bausubstanz fortgeschritten war.

Er befand sich in dem Haus, auf dessen Eingangstreppe er sich vor einigen Tagen mit Walther unterhalten hatte, und überschaute den Raum zwischen den Außenmauern, wo es im leichten Wind ein schönes Spiel von Licht und Schatten gab. Die frisch duftende Luft des späten Nachmittags wurde erfüllt von Vogelgesang, dem Rauschen der Blätter und dem Pfeifen des Windes, der durch die kaputten Fenster und durch Löcher und Ritzen im Mauerwerk wehte.

„Viele denken halt, dass ich der heitere Kerl bin, der in den Tag hineinlebt und keine Sorgen hat", sagte Yuuki aus dem Hintergrund. Vorher hatte er von einem Haus am Meer erzählt, das er irgendwann gerne sein Eigen nennen wollen würde. Und eine kleine Familie. Doch augenblicklich fehlten ihm zum Haus Geld und ein Plan und zur Familie eine Frau.

Albert wandte sich vorsichtig von der Kante ab und sah zu Yuuki, der rechts neben der Türöffnung auf einer alten Kommode saß und einen Schluck aus einer Weinflasche nahm. Rechts von ihm stand eine leere Bierflasche. Man merkte an seinem Blick und seiner Aussprache, dass er vorher schon gut getrunken hatte.

„Auf mich wirkst du aber so", erklärte Albert, „und vermutlich auch auf andere, die dich nicht näher kennen."

„Das stimmt, aber erstens schlage ich mich ebenfalls mit Kummer und Problemen herum und zweitens war es ein langer Weg, etwas ruhiger zu werden. Ich war nicht immer so. Ich habe früher ziemlichen Mist gebaut."

Albert erinnerte sich an die Worte von Julia, welche in einem Gespräch zu ihm gemeint hatte, Yuuki sei nicht unbedingt der nette Typ, den man schnell in ihm sieht. Sie hielt ihn nicht für eine tickende Zeitbombe, aber eigenen Aussagen zufolge kannte sie Geschichten von ihm, die alles andere als nett waren. Und nun war Albert offensichtlich im Begriff, Teile dieser Geheimnisse zu erfahren.

Albert setzte sich auf den alten Stuhl, der links von der Türe in der Mitte zwischen Wand und Bruchkante des Bodens stand und neben der Kommode der einzige Einrichtungsgegenstand war. Es lagen nur noch Dreck, Scherben und

Holzreste herum. Da er den Stuhl vorher kurz ausprobiert hatte, wusste er, dass er entgegen seines Erscheinungsbildes tragfähig war.

„Zum Beispiel?"

„Einbrüche, geklaute Autos zu Schrott gefahren, Schlägereien angezettelt, Läden und Leute überfallen, Vandalismus, mich mit vielen angelegt, die mir auf den Geist gingen, und solche Sachen. Also keine kleinen Jugendsünden. Es war auch oft angestaute Wut dabei, die ich entladen musste."

„Hättest du mir das jetzt nicht erzählt, wäre ich nie darauf gekommen."

„Das ging schon in der Schule los. Ich wollte in Ruhe gelassen werden und mein Ding machen, dann gab es aber immer andere, die meinten, mich nerven zu müssen. Also hab ich ihnen blaue Augen verpasst. Ab einem gewissen Punkt hilft Reden leider nicht mehr, weil manche zu dumm sind und nicht begreifen, wann Schluss ist. Einige Konflikte kann man nur so beenden. Das klingt für viele primitiv, aber die, die das sagen, hatten nie vergleichbare Situationen. Okay, vielleicht eine, aber wenn man sich jeden Tag den gleichen Mist anhören muss, dann kann es schnell passieren, dass einem der Geduldsfaden reißt.

Ich regte mich auch über Menschen auf, die nichts Besseres zu tun haben, als anderen das Leben schwer zu machen. Und da ich gerade dabei bin: Solche Weltverbesserer mit ihrem Gewalt-erzeugt-Gegengewalt-Gerede kann ich nicht ausstehen.

Wo war ich? Ach ja: Andere machen einem das Leben schwer."

Albert verfolgte Yuukis Redeschwall interessiert. Ihre Ansichten stimmten häufig überein, wie er überraschenderweise feststellen konnte.

„In einem Haus, in dem ich eine Wohnung hatte", fuhr Yuuki fort, „gab es einen Nachbarn und eine Nachbarin, die meinten, mich mehrmals darauf hinweisen zu müssen, wie ich den Hausflur zu reinigen hätte. Dazu kam, dass über mir Idioten wohnten, die mitten in der Nacht laut Musik hörten, unentwegt hämmerten oder etwas polternd fallen ließen. Eines Tages reichte es mir und ich schrieb drei Zettel, die ich ihnen in die Briefkästen warf. Auf jedem stand, dass man niederen Menschen wie ihnen verdünnten Kot spritzen sollte, damit sie verrecken und ihrer Umgebung endlich einen Gefallen erweisen können. Ab da meckerte keiner mehr herum, wenn ich mal nicht jeden Winkel im Flur gewischt hatte. Und laute Musik kam von da an so wenig an meine Ohren wie Arbeitslärm, wobei ich sagen muss, dass es mich schon interessiert hätte, was sie andauernd zu tun gehabt hatten. Ich hatte vor der Aktion mit den Zetteln kurz mit dem Gedanken gespielt, in die Wohnungen einzusteigen, in den Filter jeder Kaffeemaschine zu kacken und zur Tarnung alles schön mit Kaffeepulver zu bedecken. Oder Hundescheiße zu besorgen, sie in Umschläge zu packen und in die Briefkästen zu werfen." Er lachte.

„Irgendwann zogen die Leute über mir aus und die neuen Bewohner meinten, mitten in der Nacht andauernd auf ihrer laut quietschenden Couch oder was auch immer ficken zu müssen. Ich kaufte mir einen Besen und klopfte damit einige Male gegen die Decke, um darauf hinzuweisen, dass es nervte. Als dann keine Ruhe gegeben wurde, ging ich mit dem Besen am nächsten Tag nach oben, klingelte und brach dem Kerl mit dem Stiel und einem gezielten Schlag die Nase. Dann wurde immer schön vor Mitternacht gefickt, wenn überhaupt.

Ich pöbelte auch Leute auf der Straße an, wenn sie meinten, mich blöd anstarren oder mir hirnrissige Hinweise geben zu müssen. Ansehen und Anglotzen sind zwei verschiedene Sachen. Wenn jemand zu mir glotzte, klickte es in meinen Kopf. Das kann ich selbst heute nicht vertragen. Im Gegensatz zu damals glotze ich dann aber lieber noch blöder zurück, als mir direkt Ärger einzuhandeln, denn die meisten schauen dann automatisch weg und lassen einen in Ruhe. Wenn das nicht hilft, reiße ich mich zusammen. Und wenn das nicht klappt, gibt es ein blaues Auge. Oder zwei."

Yuuki nahm einen Schluck Wein und kratzte sich zugleich am rechten Ellenbogen. Das Bild hatte für Albert etwas Seltsames.

„Einmal war ich mit einem gestohlen Wagen unterwegs. Ein Typ meinte, mir zu dicht auffahren und drängeln zu müssen. Ich ließ ihn vorbei, beschleunigte und fuhr ihm hinten in den Kofferraum. Dann stieg ich aus, lief nach vorn, wo der Arsch laut brüllend aus seinem Wagen sprang, und schlug und trat ihn zusammen, bis er wie ein Häufchen Elend dalag und nicht mehr brüllte. Ich hasse solche Leute, die sich selbst für so wichtig nehmen, dass ich kotzen könnte. Da wird gedrängelt, da wird hier geschnitten und da blockiert, nur weil sie meinen, es eilig haben zu müssen. Als hätten sie wichtige. Termine. Ich denke, sie tun das nur, weil sie zuhause von ihren Frauen geschlagen werden, keinen mehr hoch bekommen oder gerne in Windeln durch die Wohnung krabbeln."

Albert war fassungslos und fragte sich, ob Yuuki von Fall zu Fall noch immer zu offener Gewalt neigte, gleich ob mit oder ohne Alkohol. Bisher war er immer bester Laune oder verhalten bis still gewesen, nie auffällig.

Yuuki nahm einen weiteren Schluck und musterte Albert, der ihm leicht verunsichert vorkam. „Keine Sorge. Weißt du, mir wurde das alles zu blöd. Ich muss gestehen, dass mein Umfeld nicht sonderlich hilfreich war, um solche Eskapaden zu verhindern, weil wir alle ein wilder Haufen waren. Eines Morgens packte ich meine Sachen und haute ab, um neu zu beginnen, nachdem ich einen Mann beinahe totgeschlagen hätte. Er musste seiner Tussi in einer Kneipe imponieren und mich anmachen, weil ich dabei gewesen war, allein gegen mich eine Runde Billard zu spielen. Es ist doch meine Angelegenheit, ob und mit wem ich spiele, oder sehe ich das falsch? Ich muss dazu sagen, dass ich an dem Abend immerhin mein eigenes Geld dabei hatte. Ich prügelte später auf dem Klo die Scheiße aus dem Kerl. Dabei fiel er mit dem Kopf gegen eines der Pissoirs und blieb stöhnend liegen. Ich gab Fersengeld und verließ noch in der gleichen Nacht die Stadt, weil ich keine Lust mehr auf den ganzen Dreck hatte. Wie in einem schlechten Film. Wäre ich nicht abgehauen, hätte ich jetzt bestimmt schon das erste Leben auf dem Gewissen.

Na ja. Ich zog umher und wurde ruhiger, weil ich mich mit anderen Dingen befasste und alles in einem zunehmend anderen Licht sah. Dann stieß ich zu einer Kommune dazu und lernte eine ganz andere Weltsicht kennen, die mir gefiel. Später kam ich in die Aussteigerszene und blieb dabei; ich zog von Wohnung zu Wohnung und von Stadt zu Stadt und landete letztendlich hier.

Weißt du, ich blieb nie lange an einem Ort und bei der gleichen Arbeit. Man bezeichnete mich immer als *Windmenschen*, einen, der nicht sesshaft ist und nach einer gewissen Zeit mit dem Wind weiterzieht." Er legte eine kleine Pause ein. „Aber hier gefällt es mir recht gut.

Und ich weiß jetzt, dass ich mich nicht mit anderen messen muss. Ich habe nichts zu beweisen. Das lässt mich die Tage unverkrampfter erleben. Ruhe und Entspannung sind besser als Wut und Stress. Das sagte mir die Zeit."

Yuuki warf Albert einen leicht benommenen Blick zu und fragte: „Und was hast du so angestellt?"

„Nicht wirklich viel", erwiderte er, wobei es ihm etwas peinlich war, das zuzugeben. Zwar war er froh darüber, nie in die falschen Kreise gekommen zu sein, aber genau das gab ihm mitunter das Gefühl, Dinge verpasst und dadurch weniger gelebt zu haben. „Böller mit Klebeband an Fensterscheiben befestigt, angezündet und weggerannt, Autos mit Klopapier eingewickelt und mit Bier übergossen. Auf öffentlichen Toiletten faustgroße Kugeln aus Klopapier unter das Wasser gehalten und sie anschließend über die Türen von besetzten Kabinen geworfen. Harmlose Sachen."

Yuuki grinste. „Klingt auf jeden Fall nach einer Menge Spaß. Und besser als das, was ich verbockte."

„Und einen kleinen Garten haben wir mal unter Wasser gesetzt. Da muss ich acht oder neun Jahre alt gewesen sein."

Die Aufmerksamkeit von Yuuki nahm deutlich zu. „Wie das denn?"

„Direkt neben dem Garten verlief ein kleiner Bach. Dort errichteten wir einen kleinen Damm, der dann größer wurde, als von uns geplant. Das Wasser stieg so hoch, dass es Teile des Gartens überflutete und einige Blumenbeete aufweichte. Die alte Besitzerin versuchte dann fluchend mit ihren gelben Gummistiefeln den Damm einzutreten. Wir standen daneben und lachten. Sie schaffte es dann auch, nachdem sie ausgerutscht und ins Wasser gefallen war. Zum Glück hatte sie sich nichts gebrochen, das hätte uns noch gefehlt."

„Was machst du denn dort oben?" ertönte auf einmal die Stimme von Reinhart, der schwer atmend in der Öffnung der Eingangstüre stand und an den beiden Eichen vorbei hinauf zu Albert blickte, von dem er nur den Kopf sah. Er hatte von der Straße aus undeutliche Stimmen gehört und neugierig seinen Lauf unterbrochen.

Yuuki sprang von der Kommode und trat nach vorn, um zu sehen, wer da war. „Hallo Großer!" Er hob die Flasche und prostete Reinhart zu.

„Ich dachte schon, du führst Selbstgespräche, Albert", sagte Reinhart und hob die Hand, um Yuuki zu grüßen.

Albert stand auf und gesellte sich zu Yuuki. „So schlimm ist es noch nicht."

„Brecht euch nur nicht die Hälse."

„Keine Sorge", meinte Yuuki und nahm einen reichlichen Schluck.

„Ich bin gerade auf dem Rückweg. Wollt ihr mit mir und Walther in die Stadt fahren?"

„Klar", antwortete Albert und machte sich an den Abstieg über die morschen Treppenstufen.

Yuuki überlegte kurz. „Ich weiß nicht."

„Na los!" rief Albert nach oben.

Yuuki nickte Reinhart zu, nahm die Bierflasche von der Kommode und folgte Albert nach unten, nur dass er vorsichtiger lief – oder eher schwankte –, um nicht zu stürzen.

„Hast du mal als Jugendlicher etwas Blödes angestellt?" fragte Yuuki Reinhart. Er stolperte nach dem letzten Wort an den Eichen über einen Ziegel, der im Gras versteckt lag. Reinhart wollte helfend zu ihm eilen, beließ es aber bei einem unfreiwilligen Zucken, da sich Yuuki schnell wieder gefangen hatte.

„Ich war einmal mit mehreren Leuten nachts unterwegs. Wir kamen an eine Pferdekuppel und die Mädchen waren natürlich begeistert. Sie rissen Grasbüschel ab und fütterten die Pferde so, als hätten sie nicht genug Gras auf der Weide gehabt. Jedenfalls stand ich neben einem der Mädchen und hatte in dem Augenblick eine grandiose Idee: Ich dachte mir, ich könnte den Elektrozaun, der sich um die gesamte Kuppel zog, anfassen und zugleich die Freundin an der Schulter berühren. Ich dachte auch nicht noch einmal darüber nach, sondern tat es einfach. Leider gab es drei Effekte: Zuerst bekam ein Pferd einen leichten Stromschlag, da die Freundin es in dem Moment am Kopf gestreichelt hatte, dann die Freundin und dann ich, als sie meine Hand weggeschlagen hatte."

Yuuki grinste und lief an Reinhart vorüber auf die Straße, wo Albert bereits wartete.

„Das Ende vom Lied war, dass sie mich jagte und verprügeln wollte. Sie sprach dann zwei Tage nicht mehr mit mir. Aber so ist das ab und zu mit Einfällen, die man für unübertroffen hält und einfach in die Tat umsetzen muss, weil es nicht anders geht. Es ist wie ein Zwang."

„Das kenne ich", sagte Yuuki, der den letzten Schluck trank.

Sie traten daraufhin den Weg zum Wohnhaus an, wo laut Reinhart der Wagen stand. Das Gesprächsthema wechselte derweil von den Geschichten der Vergangenheit zur Einkaufsliste für die kommende Woche.

## Teil 16 – Haus der Träume

In der Ferne grollte es. Der Wind bäumte sich noch stärker gegen die drückende Schwüle auf, als er es in den letzten Stunden bereits getan hatte, während sich begleitend die vereinzelten Wolken am Horizont zu sammeln schienen, um gegen die Sonne, das Blau und die Trockenheit anzukämpfen. Überall vermengte sich das Rauschen von Wind, Gras, Ähren und Bäumen zu einem Lied, das klangvoll von der Sehnsucht nach Regen erzählte.

Das ausladende Haus lag abgeschieden zwischen Wäldern, Feldern und Wiesen. Die nächste Stadt war mehr als eine halbe Stunde mit dem Auto entfernt und die nächste Behausung – ein großer Bauernhof, wo eine Großfamilie lebte – rund fünfzehn Minuten. Von der Hauptstraße aus musste man noch einige Zeit etwas befahren, das man gut und gerne als breiten Feldweg bezeichnen konnte, der zu einem Großteil von Gräsern überwuchert und daher stellenweise nur zu erahnen war. Erschwerend kam hinzu, dass man verleitet wurde, einfach wieder umzukehren und einen Bogen um das vermeintliche Nirgendwo zu machen, das am Ende des Weges zu warten schien.

An den Stellen, wo die Fassade nicht von Weinranken verdeckt wurde, sah man bunte Farben, Muster und Bilder. Die Luft war erfüllt von dem Klang verschiedener Windspiele und Windräder. In vielen der offenen Fenster flatterte ein leichter Stoff – nach innen, nach außen oder hin und her. Und genau dieses wundersame Bild, das sich dem Betrachter von außen bot, setzte sich im Inneren des Hauses fort: Überall verschiedenste Dekorationen in facettenreichen Farben; an die Wände geklebte Bilder, Fotografien, Zeichnungen, Skizzen, Ansichtskarten, Briefe, getrocknete Blumen, Spiegelsplitter gemischt mit phosphoreszierenden Aufklebern in Sternchenform, fischlose Aquarien, die von innen heraus beleuchtet wurden und deren mitunter buntes Wasser in Unruhe gehalten wurde, um Lichtspiele und tanzende Schatten an die Wände und Decken zu werfen, Töpfe und Kästen mit Pflanzen, teilweise auch kletternder Natur, die sich über Gitter und gespannte Stahlseile im Raum ausbreiteten. Trotz der wüst anmutenden Gestaltung, die einen beim ersten Betrachten zu erschlagen drohte, konnte man fast überall ein wohliges Fleckchen finden, wo man es sich bequem machen konnte.

So bunt wie sich das Haus präsentierte, so bunt waren die Menschen, die es zu dem gemacht hatten, was es war. Die Stammbewohnerschaft bestand lückenlos aus Menschen, die sich über Jahre hinweg in einem Internetforum kennengelernt hatten, wo der eine und der andere verrückte Plan entworfen worden war. Eine dieser Ideen, geboren aus guter Laune, Alkohol, Sehnsucht und Musik, war eine Kommune in einem Haus im Grünen, weit weg von vielen Einflüssen der Gesellschaft. Was anfangs ein schöner Traum gewesen war, den man sich bis ins Detail ausgemalt hatte, denn immerhin wollte alles finanziert werden, war eines Tages greifbare Realität geworden, als eines der Mitglieder auf ein Verkaufsangebot für eben jenes Haus gestoßen war. Da zu diesem Zeitpunkt eine Umbruchsstimmung die Runde gemacht hatte, hatten sich kurzerhand mehrere Personen zusammengeschlossen, um das Grundstück mit dem Haus zu erwerben und es schon einige Wochen später offiziell zu beziehen.

Es war ihnen entgegen gekommen, dass der Verkäufer das Haus geerbt und dafür keine Verwendung gehabt hatte. Bis auf das Dach war es in keinem wirklich optimalen Zustand gewesen, weshalb man sich auf einen verhältnismäßig kleinen Kaufbetrag geeinigt hatte, der ohne größere Probleme aufgetrieben werden konnte. Und da der eine oder andere dies und jenes konnte oder Leute kannte, die entsprechende Kenntnisse und Fertigkeiten besaßen, hatte man alle nötigen Reparaturen und Umbauten ausführen können, ohne die Kosten explodieren zu lassen. Natürlich war der zusätzlich investierte Zeitaufwand höher gewesen als unter normalen Umständen, die Ersparnisse hatten diese Verzögerungen aber um ein Vielfaches wettgemacht.

Zu den Bewohnern, deren Altersdurchschnitt bei 26 Jahren lag, zählten kreative Köpfe, die sich mit nahezu allen Bereichen bildender und darstellender Kunst und den Dingen dazwischen befassten, brotlose Künstler, die ihr Leben nicht dem

Erfolg sondern der schöpferischen Umsetzung ihrer Gedanken und Phantasien verschrieben hatten, introvertierte und extrovertierte Persönlichkeiten, Menschen, die den ganzen Tag die Köpfe in unterschiedlichste Literatur stecken konnten, ohne dass es ihnen langweilig wurde, Programmierer, Audiophile, ein Theaterregisseur, der auch Stücke mit einem Darsteller im Keller für eine Handvoll Zuschauer aufführte, eine Fotografin, welche neben dem Regisseur die einzige Person war, die jeden Tag berufsbedingt in der Stadt, in welcher ihr Atelier lag, unterwegs sein musste, eine junge Frau, die als Freelancer für Webentwicklung tätig war, Vegetarier, Veganer, ambitionierte Könner am Grill und Tüftler, die Installationen bauten, um diese auf Film zu bannen oder zu fotografieren, sie dann wieder zu zerlegen und so Kunst für den Moment zu erschaffen; kurz gesagt ein bunter Haufen, der sich gefunden hatte und trotz der bisweilen weit auseinanderklaffenden Interessen einem gemeinsamen Traum folgte: Dem Traum von Freiheit.

Das lange Kennen untereinander ermöglichte der Gemeinschaft durch das so erworbene Vertrauen einen lockeren Umgang mit den Räumlichkeiten. Zwar hatte jeder sein eigenes Zimmer und seine Privatsphäre, doch standen die Türen meistens offen und jeder konnte sich überall frei bewegen, sich zu jemandem gesellen oder irgendwo allein niederlassen. Auf der anderen Seite war genau deshalb die Suche nach einer bestimmten Person oftmals ein Glücksspiel. Aber das war besser als Misstrauen und penible Kontrolle, ob man beim Verlassen die Zimmertüre abgesperrt hatte oder nicht. Man war eine große Familie.

Yuuki war eher durch Zufall zu alledem gestoßen, da er einige Monate nach der Flucht aus seinem alten Leben einen Schlafplatz benötigt hatte und ein Freund von ihm leider zu diesem Zeitpunkt nicht in der Stadt gewesen war, in der er den Bus verlassen hatte. Da dieser Freund aber wiederum mit Leuten aus dem Haus befreundet war, gab er Yuuki am Telefon eine Nummer, Namen und die Wegbeschreibung. Obendrein wollte er persönlich anrufen, um mitzuteilen, dass sie jemanden zu erwarten hatten.

Und so kam es, dass Yuuki nach reichlich mehr als zwei Stunden Fußmarsch – mehrere Pausen im Schatten verschiedener Bäume eingerechnet, da die gleißende Sonne und die hohe Luftfeuchtigkeit kontinuierlich an seinen Kräften genagt und seinen Kreislauf belastet hatten – vollkommen durchgeschwitzt die ersten Windspiele vernehmen konnte.

Der Himmel hatte sich zugezogen und alles mit einem Licht bedeckt, das mit seiner ungewöhnlich intensiven Farbe, die zwischen Gelb, Orange und Rosa lag, einen Vorgeschmack auf das kommende Unwetter gab. Der Wind wurde immer kräftiger, zerrte an den Baumkronen und riss zahlreiche Blätter ab, die Yuuki auf der kleinen Allee, die kerzengerade vom Feldweg zum Haus führte, umwirbelten und zu begrüßen schienen.

Kaum war er in der Nähe der Haustüre, wurde er auch schon entdeckt und dazu eingespannt, dabei zu helfen, alle wichtigen Dinge aus dem Garten und der Umgebung in Sicherheit zu bringen, da für den Abend und die Nacht eine Unwetterwarnung herausgegeben worden war. Also winkte er einigen herumeilenden Personen zu, setzte im Eingangsbereich seinen Rucksack ab, freute sich über das kühle Gefühl auf seinem schweißnassen Rücken und lief hinter das Haus, wo es darum ging, Gartenmöbel, Geschirr und Wäsche ins Haus zu bringen.

Als alles verstaut und wetterfest gemacht worden war, versammelte man sich in der großen Gemeinschaftsküche im zweiten Stockwerk und beobachtete durch die Fenster, die zum Garten hin zeigten, wie in der Ferne die Welt vom nahenden Regenschleier verschluckt und fortgespült wurde. Die meisten wollten die Küche am Abend und in der Nacht nicht verlassen, denn das anhaltende Gewitter und der Regensturm schenkten keinem die Ruhe für einen erholsamen Schlaf. Vielmehr spürte man eine seltsame Aufladung in der Luft, welcher man nur mit Wein, Kerzenlicht, dem Schein von Petroleumlampen und Schweigen begegnen konnte, denn gesprochen wurde kaum. Man saß beisammen, versank in seinen eigenen Gedanken, hörte etwas Musik, las ein Buch oder lauschte den Kräften der Natur, denen man zum Glück nicht schutzlos ausgeliefert war.

Blitz und Donner hielten sich bis tief in die Nacht hinein und zogen dann weiter, um zu fernem Grollen und Wetterleuchten zu werden. Der Sturm und der Regen hielten sich derweil beständig und leiteten die Zuhörer aus dem Dunkel in die einsetzende Dämmerung des neuen Tages.

Nachdem auch der Wind verflogen war und man nur noch die Klänge des Regens wahrnehmen konnte, zogen sich die ersten in ihre Betten zurück, um sich vom beruhigenden Plätschern und Rauschen des Wassers in den Schlaf leiten zu lassen.

Als der Regen in den frühen Morgenstunden aufhörte, nachdem er immer schwächer geworden und in leichten und beinahe lautlosen Nieselregen übergegangen war, und dem aus den Feldern, Wiesen und Wäldern aufsteigenden Nebel den stillen Platz überließ, hatte sich die Küche schon restlos geleert. Alle waren in einen tiefen und traumlosen Schlaf gesunken.

In den folgenden Tagen lernte Yuuki zahlreiche interessante Persönlichkeiten und Teile von deren Ansichten kennen. Man erzählte ihm die Geschichte, die sich hinter dem Haus verbarg, wie man sich gefunden und den Plan für den großen Traum ausgearbeitet hatte, und schilderte die Zusammenhänge, wie es dazu gekommen war, dass es einen gemeinsamen Freund und Bekannten gab.

Seit er aus seinem alten Leben ausgestiegen war, fühlte er sich erstmals wieder aufgehoben, was nicht zuletzt an der unkonventionellen Lebensart der Gemeinschaft lag. Er fand durch

Zutun der anderen den Zugang zu kreativen Arbeiten – wie Origami – und über diesen Weg und zahlreiche Gespräche etwas mehr zu sich selbst und zum gekonnten Umgang mit seiner Wut, die im Laufe der kommenden Monate und Jahre nahezu verschwinden sollte. Nach knapp zwei Wochen bot man ihm ein leeres Zimmer im Dachgeschoss an, welches er annahm, worauf er sich noch am selben Tag auf die Suche nach einem Job machte, da seine Ersparnisse nicht ewig halten würden. Das alles führte dazu, dass er für fast neun Monate sesshaft blieb.

Über eine Freundin eines Mitbewohners, welche auf der Durchreise war und für einige Tage zu Besuch blieb, kam er schließlich in die erste Aussteigergruppe, die im Gegensatz zu jener in dem abgelegenen Haus mit anderen vernetzt und strenger organisiert war, was die Aufnahme von neuen Personen und den Informationsfluss nach außen hin betraf.

Und so reiste er innerhalb des neu entdeckten Netzwerks umher, ehe eines Tages das Wort „Nebelthron" an seine Ohren drang und somit den nächsten Haltepunkt seiner Reise markierte, den es anzusteuern galt.

# Teil 17 – Das Anwesen

Walther hatte am vergangenen Abend eine kleine Führung angekündigt, nachdem Francis allerhand Fragen rund um das Anwesen gestellt hatte. Man fand sich daher – wie verabredet – am Nachmittag an einem der Pavillons im Park ein, von wo aus die Besichtigung starten sollte. Es war, als würden sie eine Exkursion unternehmen, wodurch sich jeder in seine Schulzeit zurückversetzt fühlte.

Francis saß neben Agnes auf den Stufen, während Aari und Albert vor ihnen standen. Man wartete noch auf Walther.

Es hatte die vergangene Nacht hindurch bis in den Morgen hinein geregnet. Nun zogen die vom kalten aber reinen Wind getriebenen Wolkenfetzen über den blauen Himmel dahin und verdeckten ab und zu die Sonne, so dass eine beinahe herbstliche Stimmung aufkam und das nasse Gras in den sich verändernden Lichtverhältnissen immer wieder auffunkelte. Das Brausen der Meeresluft und das Rauschen der Baumkronen kam ihnen intensiver vor als gewöhnlich, da sie weder einen Vogel sehen noch hören konnten. Es war, als wären die Tiere noch in ihren Verstecken, weil sie den neuen Regen ahnten, der bald einsetzen würde.

„Ich bin gespannt, wie es innen aussieht", sagte Francis und brach damit die Stille des Wartens.

„Das kannst du auch sein", meinte Aari.

Agnes zog die Strickjacke fester um sich, da der Wind auffrischte.

„Das richtige Wetter für eine Erkältung", meinte Albert, der bemerkte, dass ihm unter der Jacke an den Nieren kalt wurde.

Francis sah sich um und hielt nach Walther Ausschau. „Oder hatte er morgen gemeint?"

Agnes schüttelte leicht den Kopf. „Ich fragte ihn gestern noch einmal wegen der genauen Uhrzeit."

Albert schien es, als würde Agnes an diesem Tag nicht unter ihrer sonstigen Anspannung leiden, deren Ursache ihm nach wie vor unbekannt war. Sie als heiter zu bezeichnen wäre weit übertrieben, vielmehr strahlte sie Ruhe aus. Ihr ging es offensichtlich gut.

„Vielleicht ist ihm noch etwas eingefallen, was die anderen mitbringen sollen", vermutete Aari, da, wie alle wussten, Julia, Reinhart und Yuuki den Tag in der Stadt verbringen und sich abends einen Kinofilm anschauen wollten.

„Oder er hat verschlafen", sagte Francis. „Professor Walther von Kopfkissen." Sie kicherte.

„Eigentlich hatte ich nur die Schlüssel vergessen", ertönte die Stimme von Walther, der über einen kleinen Weg hinter dem Pavillon unbemerkt näher gekommen war. „Das musste mir wie immer erst nach der Hälfte des Weges einfallen." Er sah grinsend und dabei kopfschüttelnd zu Francis, da er den Namen, den sie ihm eben gegeben hatte, witzig fand.

Alle Augen wandten sich ihm zu, als er um den Pavillon trat. Mit seiner Kleidung, seinem Barett und seiner Brille wirkte er tatsächlich wie ein Lehrer oder Dozent für Kunst. Hätte er allerdings aus Spaß einen Aufsatz über die Besichtigung verlangt, so hätte man ihn ausgelacht – und ihm am nächsten Tag die Arbeit zugesteckt, nur um zu erfahren, für wen welche Note gefallen wäre.

Agnes und Francis standen auf, denn Walther blieb unweit von allen stehen, was darauf hindeutete, dass er gleich weitergehen wollte.

„Ich denke, wir setzen uns in den Garten und ich erzähle ein bisschen über das Anwesen", sagte Walther, was die beiden Frauen in ihrer Annahme bestätigte. „Und dann schauen wir es uns in Ruhe an."

Die kleine Gruppe begab sich daraufhin unter Walthers Führung durch den Park nach links in östliche Richtung.

Die Sonne fiel durch die Baumkronen und zauberte zusammen mit dem Wind und den Wassertropfen ein freudiges Spiel aus Licht und Schatten herbei. Tanzend fielen glitzernde Perlen von den rauschenden Blättern in das satte Gras oder auf andere Blätter, um dort zusätzliche Tropfen als Begleitung für ihre weitere Reise zu lösen. Indes verlor der Wind nichts von seiner Kraft und die Vögel hielten sich mit unveränderter Beharrlichkeit im Verborgenen.

Sie liefen wortlos bis an das Eisentor, das – wie die Mauer – von Rankenwerk überwuchert war, und blieben stehen. Walther griff in die Tasche seiner Jacke und holte einen Schlüsselbund hervor, welcher über einen großen Ring verfügte, an dem die Schlüssel mit jeweils einzelnen, normal dimensionierten Schlüsselringen befestigt waren. Man musste unweigerlich an die Schlüssel für ein Verlies denken.

„Und die gehören alle zu dem Haus?" fragte Francis erstaunt.

„Ja", antwortete Walther, der nach einigen Fehlversuchen das große Vorhängeschloss öffnete und die rostige Eisenkette entfernte. „Alle Räume sind abgesperrt und fast jede Türe hat ihren eigenen Schlüssel." Er hängte die Kette über einen Querstab des linken Torflügels und schob den rechten Flügel laut quietschend nach innen auf, wobei jene Pflanzen zerrissen wurden, die sich von der einen auf die andere Torhälfte ausgebreitet hatten. Zusätzlich fielen vereinzelte Wassertropfen auf Walthers Schultern und das Barett.

„Wann warst du das letzte Mal hier?" fragte Aari, der an Walther vorbei auf die andere Seite schlüpfte, gefolgt von Francis, Agnes und Albert.

„Das ist schon gut ein halbes Jahr her." Er zog das Tor wieder zu, als alle auf dem Grundstück waren. „Es ist ja so, dass ich mindestens zweimal im Jahr einen Rundgang durch das gesamte Gebäude machen muss, um mir alles anzusehen und festzustellen, ob es irgendwo Schäden gibt. Ob das Dach undicht ist, ob eine Wand Risse hat, ob im Keller Wasser steht, ob Fensterscheiben zerbrochen sind und solche Dinge."

„Und wenn etwas der Fall ist?" fragte Francis.

„Dann gebe ich den Schaden weiter und es wird sich um die Ausbesserung gekümmert. Ich achte sozusagen darauf, dass das Gebäude in einem einwandfreien Zustand bleibt, was die Bausubstanz angeht. Wenn eine Türe quietscht, dann ist das unerheblich."

Vom Tor aus führte ein Kieselweg sich um eine gedachte Gerade windend auf das Herrenhaus zu, teilte sich kurz vorher und bildete einen Kreis, in dessen Mitte ein alter Brunnen stand. Überall hatten sich Gras, Disteln und anderes Unkraut ausgebreitet. Gesäumt wurde der Weg von Laubbäumen, welche neben Hecken die einzigen Pflanzen waren, die der Gartenanlage eine gewisse Auflockerung gaben, denn die Blumenbeete waren in all den Jahren zusammen mit den Seitenwegen im Gras verschwunden, genau wie die Gliederung, welche nun nicht mehr ersichtlich war. Die Bäume waren alleegleich in zwei geraden Reihen angeordnet, zwischen denen sich der Weg Richtung Haus schlängelte.

Während des Laufens entschieden alle, in den nächsten Tagen die Kürzung der Grünflächen und der Hecken anzugehen und die Wege von Gras und Unkraut zu befreien.

„Normalerweise machen wir das alle sechs bis acht Wochen", sagte Walther zu Francis und Albert, „aber im Moment wächst alles wie verrückt. Nur nicht unsere Disziplin."

Der Brunnen, an welchem sie hielten, war mit klarem Regenwasser gefüllt, auf dem Blätter trieben. Die Innenseite des Beckens war mit Algen überzogen und der Grund mit Pflanzenresten bedeckt. Die Nachmittagssonne glitzerte auf der vom Wind aufgerauten Oberfläche. Man wusste, ohne es zu testen, allein aufgrund der Optik und des Wetters, dass das Wasser eiskalt war. Das Becken war kreisrund und verfügte in der Mitte über ein aus einem Marmorblock gearbeitetes Gebilde, welches zahllose große und kleine Schüsseln zeigte, die wild durcheinander aufgetürmt in die Höhe ragten. Die meisten Gefäße waren mit altem Laub gefüllt.

Francis setzte sich auf den Rand des Beckens und verfolgte ein Blatt, auf welchem ein Käfer saß. Ohne von dem Bild aufzublicken, sagte sie: „Das hier erinnert mich an ein verlassenes Anwesen, in das ich mal mit einigen Leuten eingestiegen bin. Es hatte im Garten ein großes Wasserbecken, auf dem auch Blätter schwammen. Es schien bodenlos zu sein, so schwarz war es unten. Und drum herum standen knochige Bäume. Wenn ich daran denke, wird mir ganz mulmig."

„Das ist dann doch ziemlich unheimlich", musste Agnes zugeben.

„Unheimlich ist gar kein Ausdruck. In der Gegend gab es Moore und tote Wälder." Francis sah kurz auf.

„Klingt wirklich gruselig", meinte Albert.

„Das war es, das kannst du mir glauben. Keiner traute sich alleine durch die Räume. Es stand seit Jahrzehnten zum Verkauf und ich kann mir gut vorstellen, warum es keiner kaufen wollte. Ich hätte es nicht einmal geschenkt genommen."

„So schlimm ist es hier zum Glück nicht", sagte Walther. „Das liegt wahrscheinlich daran, dass ich jeden Winkel im Haus und seine Geschichte kenne. Und die der Stadt."

„Und die wäre?" fragte Francis, die ihre Augen von dem Blatt löste, nachdem der Käfer davongeflogen war.

Walther setzte sich neben Francis auf den Brunnenrand und zog den Kragen seiner Jacke etwas höher, ehe er begann, von der Entstehung der über 200 Jahre alten Stadt zu berichten.

„Es fing alles mit sechs oder sieben Kunsthandwerkern an, die einen Ort suchten, an dem sie ungestört arbeiten konnten. Wahrscheinlich fanden sie den Felsen zufällig, keine Ahnung. Jedenfalls bauten sie erste Hütten und verkauften ihre Waren in der Umgebung oder auf ihren Reisen. Nach und nach erfuhren andere Künstler davon, wodurch die Gemeinschaft langsam aber stetig wuchs. Und mit der Zeit wurden neue und größere Häuser errichtet."

„Dann unterschieden sie sich ja kaum von uns, was den Lebensstil angeht", fand Francis.

„Stimmt", sagte Aari, welcher die Erzählung zwar schon kannte, sie aber immer wieder mit Vergnügen und Interesse hörte.

„Und wer hat das Anwesen gebaut oder bauen lassen?" fragte Albert.

„Ein reicher Kunstliebhaber, der mit Kunsthandel sein Geld verdiente, genau wie sein Vater vor ihm. Ein altes Traditionsunternehmen. Er hörte von *Nebelthron* und kaufte kurzerhand das

Grundstück und ließ das Anwesen bauen, später auch die Stadtmauer, die Kirche und die Brücke. Die erste Brücke war übrigens aus Holz, so stabil, dass es kaum Reparaturen gab.

Durch seine Geschäfte konnte er den Künstlern einen größeren Markt bieten und mit seinem Geld das eine oder andere Projekt vorfinanzieren. Er gab den Leuten die Möglichkeit, von ihrer Kunst zu leben, was natürlich jeder wollte. Auf der anderen Seite verdiente er nicht schlecht mit den Objekten."

Die Sonne hatte sich in der Zwischenzeit hinter einer großen Wolke versteckt, weshalb alle fröstelten, denn der Wind blies unvermindert weiter.

„Es gab Töpfer, Tischler, Weber, Schneider, Maler, Schmiede und brotlose Dichter."

„Wieso brotlos?" wollte Francis wissen.

„Ein Gedicht ersetzt keine Schüssel für die Suppe, kein Holz für den Löffel, keinen Stoff für Kleidung, kein Eisen für Werkzeuge und kein Bild für eine Zimmerwand. Damals wie heute. Musik kann man hören und ein Bild kann man anschauen. Im Unterschied dazu erschließt sich einem ein Buch nicht von allein, weil es zur Hand genommen und gelesen werden will und muss. Aber ich schweife ab.

Die Geschäfte blühten und später wurden hier sogar einzelne Bücher gedruckt. Man blieb jedoch unter sich, denn man kam nur über persönliche Empfehlungen dazu, hier fest leben zu dürfen. Viele Künstler kamen auf der Durchreise in der Stadt vorbei, weil sie davon gehört hatten, und blieben einige Wochen oder Monate, aber zum eigentlichen Kern kamen immer weniger Köpfe hinzu. Das führte unausweichlich dazu, dass die Stadt nach und nach ausstarb. Und weil Kunst schon immer in Metropolen stärker vertreten war als am Ende der Welt, zogen später auch die Nachfahren des Kunsthändlers fort. Auf dem Papier gehört das Grundstück und die Fläche der ganzen Stadt weiterhin den Nachfahren, genauer gesagt dem Ururrenkel des Händlers, weil die Familie mit den Jahren systematisch alle Grundstücke aufgekauft hatte. Und genau das ist unser großes Glück, denn es kann niemand aus dem Nichts auftauchen und uns von hier vertreiben.

Alles in allem hat die Stadt als Zuflucht für Aussteiger eine beachtlich lange Tradition. Und wir halten sie am Leben."

„Wird es so bleiben?" fragte Albert.

„Die Familie ist noch immer im Kunsthandel und alles andere als arm.", antwortete Walther. „Es muss sich keiner Sorgen machen. In den nächsten Jahrzehnten wird sich nichts ändern."

Man unterhielt sich noch eine Weile und erkundigte sich bei Walther, wie es zu den nicht näher erwähnten Kontakten gekommen war, welche dies und jenes zu regeln verstanden, ehe die Entscheidung fiel, zunächst eine Runde um das Haus zu gehen, um die Fenster in Augenschein zu nehmen, und sich dann im Inneren umzublicken.

Das Rankenwerk am Haus war wie das restliche Grün schier unkontrolliert gewachsen. Es hatte sich nicht selten daran gemacht, Fenster zu verdecken, was ein Nachschneiden erforderlich machte. Agnes schätzte, dass man für alle Arbeiten vier bis fünf Tage einrechnen musste. Der Zustand der Fenster selbst konnte allerdings positiv bewertet werden, denn keine der Scheiben wies Beschädigungen auf, was Walther zufrieden in einem kleinen Notizblock festhielt, bevor er den Schlüssel für den Haupteingang heraussuchte.

Aus dem Inneren strömte ein Hauch, der kühler wirkte als der Wind draußen.

Die mitunter ausladenden und von den Grundrissen her schön gestalteten Räumlichkeiten waren weitestgehend leer oder überaus karg eingerichtet. Die Farbe des Holzes, das den Boden auskleidete, ging ins Grau und erzeugte im Zusammenspiel mit den verblassten, beigen Wänden und Decken einen deutlichen Eindruck von der Zeit, die außerhalb der Mauern vergangen war. Die Luft, die abgestanden roch und durch den Staub, der in den einfallenden Sonnenstrahlen schwebte, und durch die Lichtverhältnisse trüb wie dünner Nebel schien, legte verstärkend ihren fahlen Schleier auf jeden Gegenstand; eine Art von Unwirklichkeit klebte in den Winkeln des anmutigen Hauses. Die hohen Wände waren mit Bordüren und aufwändigen Stuckarbeiten verziert, während die Decken so kahl waren wie der Boden, auf dem kein einziger Teppich lag, oder die dreckigen, vorhanglosen Fenster. Neben einzelnen Kommoden, Schränken, Tischen und Stühlen konnte man an den Wänden Ölgemälde finden, die ausschließlich Szenen darstellten, die in der Natur spielten. Hier und da war in der Ferne ein Acker oder eine Stadt auszumachen, das Hauptaugenmerk richtete sich aber auf vermeintlich unberührte Bereiche, in denen sich selten Personen aufhielten. Die wenigen Menschen vergnügten sich bei einem Picknick oder saßen und standen vereinzelt in Gedanken versunken in die Ferne blickend herum; kein Auge war auf den Betrachter gerichtet. Auch handelte es sich stets um eine Szene aus dem Sommer, mit blauem Himmel und einigen Wolken über Lichtungen und Wiesen. Berge, dichte Wälder und das Meer lagen ausschließlich im Hintergrund. Schon nach drei Bildern konnte man die Vorliebe erkennen und sie sich durch die folgenden Werke bestätigen lassen.

Walther prüfte in jedem Raum erneut die Fensterscheiben nebst Rahmen und betrachtete sich in aller Ruhe die Wände und Decken, um eventuelle Wasserschäden oder einen Pilzbefall zu erkennen. Auch untersuchte er Türrahmen, Möbel und Treppen grob auf Beschädigungen. Das Dach konnte schnell und problemlos überprüft werden, denn der Dachboden wurde durch die zahlreichen Fenster gut ausgeleuchtet, was jeden Wasserfleck sofort sichtbar gemacht hätte. Ferner hätte man dank des Gegenlichtes jedes noch so kleine Loch ohne Schwierigkeiten entdecken können, da sich die Sonne wieder herausgewagt hatte. Im dreckigen Schein der Glühbirnen, die im Keller von der Decke hingen, konnten ebenfalls keine Schäden gefunden werden.

Die Größe des Herrenhauses beeindruckte jeden und man ertappte sich unweigerlich dabei, wie man sich vorzustellen versuchte, wie es einst gewesen sein mochte und wie es wäre, wäre es der eigene Besitz. Besonders fesselte alle ein Raum, der nichts außer einer weißen Harfe beinhaltete, die zusammen mit einem weißen Hocker in der Mitte stand. Es wagte keiner, das Instrument zu berühren, nachdem Walther das weiße Laken zur kurzen Ansicht entfernt hatte, um nicht Gefahr zu laufen, es zu beschädigen und dann zur teuren Rechenschaft gezogen zu werden.

Gegen Ende des Rundgangs – Walther hatte noch weitere Details über *Nebelthron* und seine Geschichte erzählt –, wurde festgehalten, dass man sich zusammen mit dem Grün draußen um den Staub drinnen kümmern würde. Da jeder mit anpacken wollte, standen die Chancen gut, die zeitaufwändigen Maßnahmen verhältnismäßig zügig und unkompliziert über die Bühne zu bekommen.

Als die Gruppe das Haus verlassen hatte, setzte man sich noch an den Brunnen, um im Sonnenlicht des nun windstillen Nachmittags die Kälte aus den Körpern zu vertreiben und auf diese Art den kleinen Streifzug innerhalb der kühlen Mauern der Vergangenheit ausklingen zu lassen.

## Teil 18 – Blick in die Stille

Es war ihm bereits kurz nach seinem Eintreffen in *Nebelthron* aufgefallen, doch hatte sich nie die Gelegenheit ergeben, mit Agnes eine Unterhaltung darüber zu führen. Sie war stets zurückhaltend und wirkte verschlossen und besorgt, als würde sie unentwegt unter Stress stehen. Sie unternahm kaum etwas mit den anderen, blieb lieber in der Stadt und beschäftigte sich, wie er bereits wusste, die meiste Zeit über mit Büchern und Filmen.

An diesem Tag waren bis auf Agnes und Albert alle unterwegs, um Besorgungen zu machen, sich um dieses und jenes zu kümmern und sich vom Leben der Stadt unterhalten zu lassen. Agnes hatte angeführt, sich um den Haushalt und später um das Essen kümmern zu wollen, wonach sie Julia Geld nebst einer kleinen Liste mit Dingen in die Hand gedrückt hatte, die sie für sich benötige. Es war stets so, dass man Agnes fragte und sie nicht überging, wenn zum Beispiel eine Fahrt in die Stadt geplant wurde oder schon feststand. Ab und zu kam sie auch mit, weshalb man ihr nicht automatisch den Elan absprechen konnte.

Albert hatte noch nicht genau sagen können, was er machen wollte, aber er hatte damit geliebäugelt, alle Viere gerade sein und sich überraschen zu lassen, was ihm einfallen würde. Im Zuge dessen war er bis kurz vor 12:00 Uhr im

Bett geblieben und erst nach einer belebenden Dusche und einem stärkenden Frühstück durch die Haustüre geschritten.

Der Himmel war wolkenlos und der Wind so frisch, dass man beim Wechsel in einen Schatten fröstelte, wohingegen es in der Sonne nicht zu warm und nicht zu kalt war. Es war das perfekte Wetter, um einen längeren Spaziergang zu unternehmen, ohne ins Schwitzen zu kommen, was Albert ohne Umschweife nutzte, indem er die Stadt verließ, um an den Klippen zu laufen. Da er Agnes nicht gesehen hatte, wollte er sie nicht extra suchen und von seinem Vorhaben unterrichten, denn sie würde mit hoher Wahrscheinlichkeit ohnehin denken, er sei noch in seinem Zimmer und im Land der Träume.

Er hatte schon einmal einen derartigen Ausflug gemacht, allerdings nach rechts, wo er über drei Stunden an den Klippen entlang gelaufen war, ohne auf eine Lichtung, auf einen Weg oder einen Trampelpfad, auf eine Hütte oder einen Menschen zu stoßen. Dafür war es ihm vergönnt gewesen, mehrere Rehe im Unterholz zu sehen. Immer wieder hatte er kurze Pausen eingelegt, um sich am Fuße eines Baumes niederzusetzen, hinaus auf das Meer zu schauen und den Blick über die Wellen in die Ferne bis zum Horizont schweifen zu lassen. Ihm war dabei ein sich bewegender Punkt aufgefallen, den er für einen Frachter gehalten hatte. Es hätte natürlich auch ein Passagierschiff gewesen sein können, in seinem Kopf hatte es sich aber um einen Frachter gehandelt, da er irgendwann einmal auf einem solchen Riesen aus Stahl die Weltmeere bereisen wollte. Nach Möglichkeit – und er wusste, dass das nahezu ausgeschlossen war – ohne zu arbeiten. In seiner Phantasie verbrachte er die Zeit damit, sich an Deck den Wind um die Nase wehen zu lassen und in die Ferne zu schauen, ein Buch zu lesen oder Geschichten über das Leben an Bord und über die Erlebnisse in den fernen Ländern zu schreiben; oder Briefe für die eine oder andere Flaschenpost. Und vielleicht würde sich genau das irgendwann erfüllen, denn hätte er früher von einem Ort wie *Nebelthron* erfahren, so wäre er niemals davon ausgegangen, eines Tages dort zu stranden und zu leben. Doch nun war er dort und er würde noch für eine ihm unbekannte Zeit bleiben, denn es gab keinen bedeutsamen Grund, das zu ändern. Yuuki hatte ihm Hilfe bei der Suche nach einem Job angeboten, worauf von Julia der Vorschlag gekommen war, Albert könne ja in einigen Monaten ebenfalls die Stadt verlassen, um woanders Geld zu verdienen. Er fühlte sich aufgehoben bei diesen Menschen, mit denen er in der gemeinsamen Zeit enger zusammengewachsen war als mit anderen, die er bereits sein halbes Leben lang kannte.

Albert wandte sich hinter der Brücke nach links, verließ die Straße und betrat das Gras, welches zu seiner Zufriedenheit trocken war. Mit leicht gesenktem Blick lief er näher am Wald als an den Klippen, während sich seine Gedanken mit jenen verknüpften, die ihn bei seinem Marsch in die entgegengesetzte Richtung begleitet hatten. Er setzte automatisiert einen Fuß vor den anderen, ohne seinen Blick vom Grün zu nehmen, das vom kräftigen Wind geschüttelt wurde. Er hörte nur das Rauschen in den Baumkronen, die brechenden Wellen und den einen oder anderen Seevogel.

Über seinen Aufenthaltsort hatte er Freunden und Bekannten nach wie vor nichts verraten, auch nicht seiner Familie. Er sah keine Notwendigkeit darin. Er erzählte jedem beharrlich, er sei auf Reisen und würde sich mit kleinen Jobs über Wasser halten. Er wusste, dass nur ein Bruchteil der Leute diese Art des Lebens verstehen würde. Diskussionen wären daher vorherbestimmt gewesen. Wie lange er dieses Spiel spielen würde, konnte er noch nicht abschätzen; und er wollte sich ehrlich gesagt auch nicht mit dieser Frage beschäftigen.

Er war weit weg von seinem alten Leben und sah durch genau diese Trennung zahlreiche Dinge in einem anderen Licht – die Annahme der anderen hatte sich damit bewahrheitet. Seit über einer Woche hatte er eine Textnachricht von seiner Exfreundin in seinem Handy, in welcher sie fragte, wie es ihm denn so ging. Sie erwähnte ihren neuen Job, in dem sie seit über einem Monat arbeitete. Er hatte noch nicht geantwortet und wusste nicht, wann er es tun würde. Es war kein Groll. Es war vielmehr eine weitere Angelegenheit, mit der er sich augenblicklich nicht auseinandersetzen wollte. Es war unausweichlich, sich wieder über Gespräche – zum Beispiel mit Julia –

hinaus mit dem gesamten Thema zu befassen, doch letztendlich war hier am Meer in genau dieser Stadt bei genau diesen Menschen alles anders. Es konnte nicht ausgeschlossen werden, dass es Schwierigkeiten geben würde, diese beiden Leben miteinander zu verbinden, denn er wollte keine Brücken mit Absicht hinter sich zerstören. Die Zeit würde früher oder später eine Lösung parat haben, das sagte ihm seine Zuversicht.

Alles in allem war es still in ihm; er fühlte sich ausgeglichen und war weiter und länger weg von negativen Gedanken, als er es seiner Einschätzung zufolge jemals nach dem Entwachsen der Kindheit gewesen war. Die ereignisreiche und bisweilen wirre Zeit war mehr Abenteuer für ihn und weniger ein Grund, sich Sorgen wegen der Zukunft zu machen. Dieses Zeichen bestärkte ihn in der Annahme, auf dem richtigen Weg zu sein.

Als Albert stehen blieb und sich umsah, stellte er fest, dass die Stadt ferner war, als vom Gefühl her angenommen. Problematisch an dieser Sache war die Sonne, deren Hitze er durch den Wind nicht spürte. Er hatte nicht vor, sich einen Sonnenbrand zu holen, wie bei dem anderen Ausflug. Deshalb verließ er den Grasstreifen und betrat die äußeren Schatten des Waldes, die im Wind über den Boden tanzten.

Da die Bäume nicht zu dicht gewurzelt hatten, erreichte viel Licht den Grund, der von Gras, Moos und tiefer im Wald von Farn bedeckt wurde. Blumen und somit farbliche Abwechslung gab es nur sehr vereinzelt.

Er konnte keine Stelle ausmachen, die auch nur ansatzweise an einen Weg erinnerte. Daher behielt er die parallele Richtung zu den Klippen bei. Da er die Bäume umgehen und über Wurzeln steigen musste, fiel er des Weiteren nicht in den gedankenbeschwörenden Trott von vorher zurück, nahm den Wind, die Klänge und den Geruch der Gegend bewusst wahr und erkundete mit sprunghaften Blicken die Umgebung.

Unterbrochen wurde alles, als er im Wald einen Hochstand ausmachte, der über eine überdachte Plattform verfügte. Sie ruhte auf drei beindicken Stelzen, die sich nach etwa zwei Dritteln kreuzten. Hinauf führte eine senkrecht angebrachte Leiter, über welche man die Ebene betreten konnte. Diese war an die zwei Quadratmeter groß und besaß ein simples Pultdach, das zum Meer hin abfiel und umlaufend rund einen halben Meter überstand. Bis auf den Einstieg, der zum Landesinneren deutete, verfügten alle Seiten über eine 50 Zentimeter hohe, aus Brettern gezimmerte Wand. Die höchste Stelle unter dem Dach war etwa 1,5 Meter hoch, so dass man sich nur gebückt bewegen aber bequem aufrecht sitzen konnte. Als Hocker diente ein Baumstumpf mit einer runden Holzplatte als Sitzfläche, der in der Mitte stand. Im hinteren Teil zeigte sich zwischen der linken und der rechten Wand eine mit der rückwärtigen Wand abschließende Ablage, die aus zwei Brettern bestand. Sie war zirka 30 Zentimeter tief und 10 Zentimeter unter der Wandoberkante angebracht.

Albert setzte sich auf die Sitzfläche, nachdem er den geschätzt fünf Meter hohen und teilweise moosüberzogenen Hochstand in Augenschein genommen, ihn für stabil befunden und erklommen hatte, und blickte sich um. Er fand auf dem Boden ein paar Laubblätter und den rostigen Kronkorken einer Bierflasche. Hinter ihm wurde der Klang des Meeres vom Wind verschluckt, der weniger spürbar aber durch den geringen Abstand zum Waldrand noch ausgezeichnet hörbar war.

Er erhob sich kurz darauf wieder und setzte sich an den Rand der Plattform. Er schaute an seinen vor der Leiter nach unten hängenden Beinen hinab und erinnerte sich an seinen Marsch in die andere Richtung.

Er hatte dabei den Gedanken gehegt, sich in das Gras zu setzen und langsam zu den Klippen zu bewegen, bis seine Beine keinen Boden mehr gehabt und ebenfalls frei gehangen hätten. Er hätte gerne das Gefühl erfahren, so nahe am Abgrund zu sein, nur einen kleinen Hauch vom freien Fall entfernt; er hatte vermutet, dass es unheimlich kribbeln würde und das in jeder Faser des Körpers. Da er aber keine Aussage über die Beschaffenheit des Bodens hatte machen können und der Wind ihn mit nur einem Stoß aus dem Gleichgewicht hätte bringen können, war es bei der Idee geblieben. Auch die Möglichkeit, sich auf den Bauch zu legen und dann an die Kante zu robben, um dann nach unten zu blicken, hatte er wegen der unkalkulierbaren Risiken nicht weiter beleuchtet.

Nun saß er auf dem Hochstand und überlegte, ob er sich zur Sicherheit mit einem Seil an einem der Bäume festbinden und herausfinden sollte, ob es bei den Klippen kribbelte oder nicht. Und, was noch wichtiger war, ob er jemanden einweihen oder vorher fragen sollte, ob die Erfahrung schon gemacht worden war.

Kurze Zeit später verließ er den Hochstand und machte sich gemächlich im Schatten der Bäume auf den Rückweg, da der Hunger damit begonnen hatte, sich zunehmend bemerkbar zu machen. Er war sich aber sicher, dass er zurückkehren würde, denn das Plätzchen hatte eine überaus angenehme Aura und eignete sich für ihn folglich wunderbar zum Verweilen.

## Teil 19 – Ein offenes Gespräch

Am späten Nachmittag traf Albert Agnes, die im Westen der Stadt unweit des Friedhofs auf einer Bank saß, welche zwei Meter vor der Stadtmauer bereits im Schatten stand und keine Rückenlehne hatte. Ein kleiner Kiesweg führte von einem Seitentor des Friedhofs durch die wuchernde Wiese zur Mauer und bildete davor einen Kreis mit einem Durchmesser von geschätzten zwei Metern, in dessen Mitte sich die Sitzgelegenheit befand. Das Gras innerhalb des Kreises war nur geringfügig kürzer als das der umgebenden Wiese und schickte sich an, die Bank zu überragen und zu verschlingen. Da es auf dem Kiesweg nur vereinzeltes Unkraut gab, machte alles einen leicht gepflegteren Eindruck als der Garten des Anwesens vor dem Arbeitseinsatz. Eine kleine Kiesfläche verband den Kreis mit der Mauer, aus welcher ein Wasserbecken aus Sandstein ragte, das etwa einen Meter breit und ein Halboval war. Unterhalb des Beckenrandes befand sich ein Fries aus Halbkugeln, an denen der Zahn der Zeit bereits sehr stark genagt hatte. Rund 50 Zentimeter über dem Becken ragte ein altes Rohr aus der Wand, das irgendwann einmal Wasser geleitet haben musste, nun aber so trocken war wie das Becken selbst, in dem welkes Laub lag. Links und rechts gab es in einigem Abstand je einen Mauervorsprung, der wie ein Strebepfeiler gearbeitet worden war und durch dessen begrenzende Wirkung der Blick automatisch auf die einstige Wasserstelle gelenkt wurde.

Die Stadtmauer war an dieser Stelle weitestgehend von Rankenwerk bedeckt, dessen Grün so dicht war, dass theoretisch sichtbarer Stein in den Schatten verborgen blieb. Nur der Bereich um das Becken herum war pflanzenfrei. Jemand schien regelmäßig die Gartenschere anzusetzen.

Agnes, welche der Mauer zugewandt saß und in ein Buch versunken war, schaute erst von den Seiten auf, als Albert neben ihr war, sich durch das niedergetrampelte Gras begab und sich links neben sie auf die Bank setzte.

„Weißt du, was das einmal war?" fragte Albert und deutete mit einer kurzen Kopfbewegung zu dem kleinen Becken.

Agnes schlug das Buch zu und legte es rechts neben sich auf die Bank. „Nicht wirklich. Als Wasserstelle für den Friedhof ist es zu weit außerhalb. Die Frage ist auch, ob das Wasser ununterbrochen lief, denn es gibt ja kein Ventil. Ich weiß auch nicht, wie alt der Anschluss ist."

„Vielleicht sollte es nur ein plätscherndes Geräusch machen für die Leute hier auf der Bank. Zur Entspannung."

„Das kann sein. Ich hatte Walther vor Ewigkeiten gefragt, leider ohne Erfolg." Sie ließ kurz ihren Blick schweifen. „Ich bin gern hier und lese. Ich sollte das Gras aber demnächst wieder kürzen, denn langsam wird es lästig." Sie sah vor ihren Beinen hinab auf das Grün.

„Wieso bist du nicht mit den anderen in die Stadt gefahren?"

„Ich bin nicht gerne in der Stadt. Ich bin auch ungern unter Menschen. Hier ist es okay, denn ich kenne alle."

Albert wurde hellhörig. „Darf ich fragen, wieso das so ist?"

„Ich komme mir bei jedem Schritt beobachtet vor. Ich weiß, wie lächerlich das klingt, aber ich bekomme regelrechte Panik. Auch wenn es zu eng um mich herum wird, weil sich die Leute dicht an dicht drängen."

„Wirklich lächerlich finde ich das nicht", sagte Albert. „Ich mache auch einen großen Bogen um überfüllte Bahnen und Plätze. Das liegt eventuell daran, dass man unterbewusst nach einem Fluchtweg sucht und es den aus einer Masse heraus nicht gibt. Warum so viele damit allerdings keine Probleme haben, das weiß ich nicht. Ich kann dich jedenfalls gut verstehen."

„Ich kann auch nicht immer einkaufen gehen, wann ich will, wenn ich weiß, dass dort viele Personen sind. An einigen Tagen geht es, an anderen nicht, selbst wenn die Schränke leer sind und niemand sonst Zeit dafür hat."

„Wissen die anderen davon?"

„Ja, weil ich es ihnen nach und nach anvertraute. Damit habe ich mittlerweile auch weniger Probleme. Vor fünf Jahren hätte ich dir das niemals freiwillig erzählt. Allerhand Dinge haben sich im Laufe der Zeit verändert und gebessert, wie ich sagen muss. Wahrscheinlich, weil ich mit allen hier gut auskomme und sie mir das Gefühl von Sicherheit geben können.

Jedenfalls gab es früher Phasen, in denen ich die Wohnung gar nicht verließ, selbst wenn ich es gemusst hätte."

„Wann hat das angefangen?" fragte Albert, obwohl es ihm unangenehm war. Er wollte Agnes nicht unterbrechen und sie noch weniger davon abhalten, ihm mehr von sich zu erzählen. Er konnte später noch immer von seinen eigenen Erfahrungen berichten. Aber er war neugierig.

„In meiner Pubertät. Als Kind hatte ich viele Freunde und war ständig unterwegs. Aber je älter ich wurde desto verschlossener wurde ich. Ich zog mich immer weiter zurück und ließ nach und nach alle Kontakte im Nichts verlaufen. Ich suchte mir sogar Ausreden, wenn ich gefragt wurde, ob ich etwas unternehmen möchte. Es war ein schleichender Vorgang und ich kann gar nicht mit Bestimmtheit sagen, wann ich den Punkt erreicht hatte, ab dem sich alles verselbstständigte und mir die Kontrolle entglitt, wenn ich vorher überhaupt eine gehabt hatte. Es lief darauf hinaus, dass ich mein Zimmer nur noch verließ, um zur Schule zu gehen. Dort gehörte ich mitunter sogar bei den Außenseitern zu den Außenseitern und war immer froh, wenn ich nachmittags die Zimmertüre hinter mir schließen konnte.

Ich hatte über gut drei bis vier Jahre keine sozialen Kontakte, denn in der Schule sprach ich kaum mit jemandem. Entweder wurde ich gemieden oder geärgert. Ich las viel und sah fern, denn damals gab es im Haus meiner Eltern noch kein Internet, was es vermutlich erträglicher gemacht hätte. Das bekam ich erst später und stellte dann fest, dass ich mit diesen Problemen und Ängsten nicht allein war.

Und als ich auf eine andere Schule kam, wurde ich dort von zwei Mädchen angesprochen, mit denen ich mich anfreundete. Ab da änderte sich ganz langsam einiges für mich, weil ich aus meinem Schneckenhaus kam.

Aber andere Dinge blieben so, wie sie waren."

„Zum Beispiel?"

„Ich habe Angstschübe und fühle Etwas, das mich beobachtet und das ich nicht benennen kann. Ab und zu sehe ich in den Augenwinkeln Lichter aufblitzen. Ich muss erwähnen, dass meine Netzhaut gesund ist, wie mir verschiedene Ärzte bescheinigten. Und ich habe einen Verfolgungswahn. Speziell abends müssen die Vorhänge immer zugezogen sein, auch wenn definitiv niemand durch die Fenster schauen kann, selbst wenn ich im fünften Stockwerk bin und auf der anderen Seite nur eine fensterlose Hauswand ist.

Ich muss gestehen, dass sich mein zwischenmenschliches Verhalten sehr positiv entwickelt und mein Leben bereichert und lebenswerter gemacht hat. So richtig begannen die Veränderungen für mich erst, als ich zu den ersten Aussteigern kam. Letztendlich strandete ich hier, wo ich niemanden missen möchte, da mir jeder sehr ans Herz gewachsen ist. Man akzeptiert mich so, wie ich bin."

Albert wunderte sich über die offenen Worte von Agnes und das, was er durch sie erfahren hatte. Auf der einen Seite fand er es gut, nun einen Bezug zu ihr zu haben, auf der anderen stimmte ihn ihre Vergangenheit traurig.

„Aber wie kommt es, dass du immer so still bist? Ich meine, ich bin ehrlich gesagt erstaunt, dass du mir das alles erzählst."

„Ich rede eigentlich nur über mich, wenn man mich fragt, weil ich niemanden damit belästigen will. Das ist auch eine Sache, die sich beständig hält. Generell fällt es mir leichter, wenn man auf mich zukommt und Fragen stellt, weil ich so weiß, dass Interesse besteht.

Tief in mir war und bin ich ein Einzelgänger. Ich mag es, Menschen um mich herum zu haben, die mir lieb sind, aber ich verbringe nach wie vor gerne Zeit mit mir allein."

Albert zog die Augenbrauen leicht nach oben und sah zu Agnes. „Also ich wollte nicht stören."

Sie lachte kurz. „Keine Sorge, das hast du nicht. Ich hätte das Buch ja nicht aus der Hand legen müssen."

Das stimmte. Hätte sie unbeirrt an dem Buch festgehalten und darin gelesen, wäre der Wink problemlos zu verstehen gewesen. Er hätte aber auch nicht mehr über sie erfahren.

Sie kamen im folgenden Gespräch zu den Geschichten, wie sie beide zu den Aussteigern gefunden hatten und was der ausschlaggebende Punkt gewesen war, in *Nebelthron* zu bleiben und den Weg innerhalb des Netzwerkes nicht einfach fortzusetzen. Es kristallisierte sich hierbei schnell heraus, dass ihnen allein der Gedanke zuwider war, in einer grauen, stickigen und überfüllten Stadt sein zu müssen, pausenlos eingekerkert in der anonymen Masse der Maschinerie des reinen Funktionierens, wo selbst Träume durch den tagtäglichen Stumpfsinn zu ersticken drohten. Hier in der Stadt konnten ihre Träume atmen und gedeihen.

So sprachen sie miteinander und merkten nicht, wie die Zeit verging, während sich die Sonne gemächlich daran machte, den Himmel in einigen Stunden dem Mond und den Sternen zu überlassen. Zwar hatten sie ununterbrochen im kühlen Schatten der Stadtmauer gesessen, die abfallende Temperatur ließ sie nun aber trotzdem leicht Frösteln und bewegte sie dazu, die Unterhaltung zu beenden und die Bank zu verlassen.

Albert entschied sich kurzerhand, Agnes bei der Zubereitung des Abendessens behilflich zu sein, denn so konnten sie in Ruhe weitere Geschichten und Gedankengänge austauschen und zugleich bestimmen, was man den anderen anbieten würde.

## Teil 20 – Blicke im Dunkel

Die Erinnerungen kamen meist unverhofft. Es geschah zum Beispiel, wenn sie abends auf ihr Zimmer ging und sich unterwegs eine dunkle Ecke dominant in ihren Blick drängte. Dann kamen die Bilder, Worte und Gefühle zurück, die sie aus ihrer Kindheit mitgenommen hatte und welche in ihr das Elternhaus lebendig hielten, das vor Jahren zusammen mit dem Grundstück verkauft und einen Monat später abgerissen worden war, um einem neuen Haus für neue Bewohner Platz zu machen.

Eine dieser sich wiederholenden Szenen war der Weg zur Toilette, welcher sie aus ihrem Zimmer heraus über den Flur im Obergeschoss die Treppe hinab führte, die einen Knick nach links machte und im Erdgeschoss endete. Dort befand sich rechts die Türe zur Wohnung ihrer Großmutter, links der Hausflur und direkt gegenüber die Türe zur Rußkammer, deren Außenseite tapeziert war. Verriegelt wurde sie durch ein altes Eisenscharnier und einen Holzstift, der in der Öse steckte, die mit zwei Schrauben an der Wand befestigt war.

Sie hatte schon oft die gähnende Schwärze dieser Kammer gesehen und dabei stets das Gefühl gehabt, dass in den Rußschichten Wesen mit weiten Schwingen nur darauf lauerten, sie zu packen und mit ihren dunklen Nebelklauen zu sich zu zerren, hinein in die Finsternis, wo sie und ihre Schreie jämmerlich ersticken würden.

Sie lief am Ende der Treppe nach links an der schwarzen Kammer vorbei. Rechts war die Türe zum Bad, links die Haustüre und vor ihr jene Türe, die hinaus in den einstigen Stall des über 150 Jahre alten Hauses führte. Sie lief zur Türe, drückte links davon auf den Lichtschalter, öffnete sie zu sich hin und trat ein.

Ihr schlug die eisige Luft der Winternacht entgegen, denn in dem Stall herrschte nahezu Außentemperatur. Sie blieb auf dem kleinen Absatz stehen und ließ die Türe hinter ihrem Rücken gerade so weit zu sich, dass sie nicht ins Schloss fiel und ein Streifen des Lichtes aus dem Hausflur übrig blieb. Zwei Stufen führten hinab zum steinernen Boden, auf welchem im trüben Schein der Glühbirne die alte Urinrinne zu sehen war, die zu der alten Holztüre am anderen Ende führte, hinter welcher ihr Vater einen großen Hundezwinger errichtet hatte, der seit dem Tod des Familienschäferhundes vor einigen Jahren leer stand. Links befanden sich Schränke und weiter im Raum an der Wand die unordentliche Werkbank ihres Vaters. An diese grenzte die Toilette, für welche mittels zwei gemauerten Wänden ein Raum vom Stall abgetrennt worden war. Die Wände waren bedeckt von Nägeln, an denen Werkzeuge und Utensilien für Haus und Garten hingen. Rechts von Agnes war ein zweiter Raum, in welchem die Waschmaschine stand, und daneben – gegenüber der Werkbank – mehrere große Bastkörbe, gefüllt mit Holzscheiten und kleingesägten Brettern. Im hinteren Bereich der rechten Seite lag ein großer Kohlehaufen, der durch eine Bretterwand von etwa einem Meter Höhe vom Durchgang zum Zwinger abgetrennt wurde. Die Wand war nur geringfügig länger als der gegenüberliegende Toilettenraum.

In dieser Ecke, wo die Schwärze der Kohlen die Tiefe der Schatten unterstützte, ahnte sie Etwas, das auf sie lauerte und sie seit dem Öffnen der Türe aufmerksam musterte. Sie wollte sich davon aber nicht beirren lassen und fixierte den Lichtschalter, der links neben der geschlossenen Türe zur Toilette war. Sie würde einfach, wie immer, schnell rennen, den Schalter drücken, die Türe aufreißen und in den hellen Raum flüchten. Sie würde die Türe weit offen lassen, um draußen alles sehen zu können, und nach ihrem Aufenthalt wieder hinausgehen und die Türe schließen, die Augen stets auf die Bretterwand und den Kohlehaufen dahinter gerichtet, den Lichtschalter drücken, ganz schnell zurück in den schützenden Flur laufen und durchatmen.

Der Start des vor ihrem Geistigen Auge geplanten Vorhabens verlief ohne Probleme und schon Momente später knipste sie das Licht der Toilette aus. Anschließend blickte sie kurz nach rechts zu ihrem nächsten Ziel: Die Türe, welche sie aus dem Stall führen würde. Sie vergewisserte sich, dass nichts im Weg lag, über das sie hätte stolpern können, und sprintete los. Sie spürte in dem Augenblick, in welchem sie die dunkle Ecke hinter sich gebracht hatte, wie Blicke daraus geboren wurden und sie verfolgten und wie Etwas mit seinen schwarzen, schlangengleich züngelnden Nebelfängen nach ihr zu greifen versuchte. Es war, als würde sie den Hauch des unbekannten Wesens in ihrem Nacken spüren, als sie mit der linken Hand die Türe berührte, um sie aufzustoßen. Es strahlte mehr Kälte aus als die Nacht und seine Farbe war von reinerer Finsternis als jene am tiefsten Grund der Ozeane.

In diesem Moment musste sie zu ihrem Bedauern erkennen, dass das Holz unter ihrer Hand nicht nachgab und der Lichtstreifen verschwunden war. Die aufgeflammte Panik wogte schlagartig in neue Höhen, während sich die ungesehenen Blicke der Tausend Augen immer tiefer in ihren Rücken bohrten. Sie riss mit der rechten Hand die Klinke nach unten, stürzte hinaus in den Hausflur und drehte sich unverzüglich um, um die Türe zu schließen. Und bevor das Schloss Sicherheit versprechend klickte, konnte sie erkennen, dass da kein Ungetüm war, welches sie verfolgt hatte; nur der schwach erleuchtete Stall mit der Dunkelheit in der hinteren Ecke und in den anderen großen und kleinen Winkeln.

Sie hielt inne und lauschte vor der geschlossenen Türe. Es war vollkommen still. Nur ihr beschleunigter Atem klang in ihren Ohren. Sie mutmaßte, dass sich das Etwas lautlos zurück in die Schatten verkrochen hatte. Es war nicht immer dort draußen. Nur manchmal; speziell nach schlechten Träumen. Es war, als würde es hungrig hervorkommen, um sich an ihrer Angst zu nähren und dann gesättigt in seinen lautlosen Schlaf zu sinken. Sie hatte es noch nie geschafft, einfach stehen zu bleiben und abzuwarten; das Grausen behielt immer die Oberhand und trieb sie voran. Der Kopf sagte, es würde ihr nichts tun, denn es packte sie nicht heimtückisch im Schlaf. Ihr Gefühl hingegen war anderer Meinung, sobald sie den Blicken ausgesetzt war. Und nur das zählte für sie.

Irgendwann erwähnte sie ihrer Großmutter gegenüber diese gefühlten Blicke, die sich im Laufe der Zeit nicht nur auf den Stall und die Rußkammer beschränkten, sondern auch gelegentlich in ihr Zimmer kamen, was sie nicht einschlafen ließ, da sie Angst vor dem hatte, was passieren könnte, wenn sie die Augen schloss. Oder sie kamen in das Wohnzimmer, die Küche oder gar in das Badezimmer. Letzteres war besonders schlimm, wenn sie gerade dabei war, die Haare zu waschen. Sie hatte es sich zwar schnell angewöhnt, mit dem Kopf im Nacken das Shampoo auszuspülen, um die Augen nicht zumachen zu müssen, um sie vor dem Schaum zu schützen, ihr Blickfeld blieb dennoch stark eingeschränkt. Die Wesenheiten konnten sich folglich auch bei Licht verstecken, um aus dem Verborgenen heraus mit Agnes ihre unheimlichen Spiele zu treiben.

„Wenn du das Gefühl hast, dass du beobachtet wirst", sagte ihre Großmutter darauf, „dann ist es so. Und wenn du in einem scheinbar leeren Raum den Eindruck hast, dass da Etwas ist, dann ist es auch da. Nicht jeder unserer Sinne lässt sich erklären.

Ich kann dir eine Geschichte aus meiner Kindheit erzählen, denn ich wuchs ja ebenfalls hier auf, wie du weißt.

Es muss ein Samstag gewesen sein. Unsere Eltern waren zum Tanz und nur ich war da, zusammen mit meinem älteren Bruder und meiner jüngeren Schwester. Unsere Großmutter schlief tief und fest hier in der Wohnung. Wir konnten quasi tun und lassen, was wir wollten. Wir wussten aber auch, dass wir keinen Unfug treiben durften, denn das hätte uns nur Ärger eingebracht, von dem es wirklich nie zu wenig gab bei all unseren Flausen, die wir im Kopf hatten."

Bei diesen Worten lachte sie kurz leise, während ihr Blick einen träumerischen Schein bekam. Sie schüttelte die aufblühenden Erinnerungen jedoch schnell wieder von sich und fand zurück zu der Begebenheit, die sie zu berichten hatte.

„Ich und meine Geschwister liegen ungefähr zwei Jahre auseinander und ich muss damals sieben oder acht gewesen sein. Wir teilten uns ein Zimmer im oberen Geschoss. Später bekam ich das, das du jetzt hast.

Nun, unsere Mutter schickte uns alle ins Bett, ehe sie zum Tanz ging, wo unser Vater mit seinen Kumpels schon seit dem frühen Abend trank. Natürlich schliefen wir nicht, sondern unterhielten uns und erzählten bis tief in die Nacht ausgedachte Geschichten, denn keiner wollte müde werden. Als unsere Mutter kurz vom Tanz kam, um zu schauen, ob alles in Ordnung war, taten wir so, als würden wir schlafen. Und kaum war sie wieder weg, kicherten wir und redeten weiter.

Das ging, wie gesagt, sehr lange. Die genaue Uhrzeit weiß ich nicht mehr, es muss wohl zwischen 2:00 und 3:00 Uhr gewesen sein, als wir über uns auf dem Dachboden laute Schritte hörten. Wir dachten erst, es sei ein Klopfen, aber das Geräusch bewegte sich merklich und wir lauschten nur leise und hielten den Atem an, weil die Treppe und die Luke zum Dachboden vor unserer Zimmertüre waren und wir Angst hatten, dass die Schritte nach unten kommen würden. Es war letztendlich egal, was wir hörten. Wir hatten alle gleichermaßen Angst und hätten sie auch bei Gewitter oder einem Sturm gehabt.

Ich lag in meinem Bett und hatte die Decke bis über die Nase hochgezogen und die Ohren frei, um alles mitbekommen zu können. Meine Geschwister lagen ähnlich im Bett, wie sie mir später erzählten. Ich konnte nur zum Schwarz der Zimmerdecke starren. Die Schritte machten eine längere Pause und kamen wieder. Sie liefen noch einige Male über unseren Köpfen dahin und hörten schließlich auf. Wir dachten erst, es sei eine erneute Pause, aber sie kamen nicht wieder.

Wir waren durch die Aufregung wacher als vorher und hofften, unsere Eltern würden bald wieder zuhause sein. Und deshalb zog sich die Zeit bis zu ihrem Eintreffen so unbarmherzig in die Länge. Natürlich wussten wir zu dem Zeitpunkt noch nicht, dass die Schritte nicht wiederkommen würden, weshalb wir angespannt lauschten und nach wie vor keinen einzigen Laut von uns gaben.

Als dann irgendwann die Haustüre aufgeschlossen wurde, sprangen wir schreiend aus unseren Betten, rannten durch das Dunkel zur Zimmertüre, wo wir durch den Spalt am Boden das Licht im Flur sehen konnten, und stürmten die Treppe hinunter zu unseren Eltern, die sich natürlich wunderten und uns anhielten, erst einmal still zu sein, da wir alle zugleich sprachen und wild durcheinander berichten wollten.

Mein Bruder sollte dann erklären und er tat es, woraufhin unser Vater meinte, wir sollen schleunigst wieder ins Bett gehen und uns demnächst einfach keine Gruselgeschichten mehr erzählen, wenn wir allein zuhause sind. Da wir aber keine Ruhe gaben, schüttelte unser Vater nur den Kopf und meinte, er würde nun mit uns hinauf auf den Dachboden steigen und uns zeigen, dass da höchstens eine Maus quieken und niemand herumlaufen würde.

Wir folgten ihm hinauf zur Dachbodentreppe, wo er auf der zweiten Stufe stehen blieb, um die Luke nach oben zu drücken, die sich zu seiner Verwunderung keinen Millimeter bewegte. Er nahm beide Arme und stemmte sich gegen das Holz, was auch erfolglos blieb.

Wir standen ängstlich und überrascht am Fuße der Treppe, hinter uns unsere Mutter, die mir und meiner Schwester jeweils eine Hand auf die Schulter legte, um uns zu beruhigen.

Unser Vater stieg dann gebückt zwei, drei Stufen höher, um mit mehr Kraft gegen die Türe drücken zu können. Ich muss erwähnen, dass unser Vater stämmig gewesen war und es an der Türe kein Schloss gegeben hatte, nicht einmal einen Riegel, den man hätte vorschieben können. Jedenfalls versuchte er es noch mehrmals erfolglos und entschied, sich die Sache am Morgen ausgeschlafen und in Ruhe anzusehen und sich gegebenenfalls Hilfe bei einem Nachbarn zu holen. Er meinte, dass sich das Holz eventuell einfach verzogen und daher verklemmt hatte. Eine zweite Möglichkeit gab es seiner Ansicht nach nicht.

Danach gingen wir alle zu Bett. Die Türe zu unserem Zimmer blieb offen, genauso wie die zum Schlafzimmer unserer Eltern. Wir konnten trotzdem nicht einschlafen und hörten in die Stille hinein, bis die ersten Hähne in der Nachbarschaft krähten. Dann schliefen wir im Schutz der langsam aufgehenden Sonne ein.

Geweckt wurden wir durch aufgeregtes Treiben im Haus, an dem unsere Großmutter, unsere Eltern und Nachbarn beteiligt waren. Wir standen auf und verließen das Zimmer, weil wir wissen wollten, was los war und ob man die Luke zum Dachboden hatte öffnen können.

Wie wir erfuhren, war unsere Großmutter, welche die Nacht ungestört durchgeschlafen hatte, in den frühen Morgenstunden ohne Probleme auf den Dachboden gestiegen, um das Getreide zu wenden, das dort zum Trocknen kreisförmig ausgebreitet auf aneinandergelegten Papierbögen lag. Es war zum Teil direkt über unserem Zimmer, also da, wo die Schritte erklungen waren. Und genau dort hatte sie Spuren im Korn entdeckt: Deutlich sichtbare Abdrücke von einem Paar Hufen gefolgt von einer Schleifspur, welche man unweigerlich mit einem Schwanz in Verbindung brachte.

Unser Vater tat das als Hirngespinst ab und meinte, es sei nur eine Maus oder eine Ratte gewesen, die beim Fressen durch das Korn gelaufen war. Ich und meine Geschwister erkannten aber auch eindeutig das, was unsere Großmutter sagte. Und sie meinte wiederholt, *Der Bock* sei im Haus gewesen, was sich natürlich schnell herumgesprochen und zu dem Auflauf an Nachbarn geführt hatte, der vornehmlich aus alten Leuten bestand. Später kam der Dorfpfarrer mit einer Bibel, aus welcher er über den Dachboden schreitend las, und mit Weihwasser, das er verspritzte.

Wir hörten in den Unterhaltungen der Erwachsenen, dass im Dorf in seinen über 700 Jahren immer wieder Feuer ausgebrochen waren, angeblich ohne Grund, die Scheunen, Häuser und Hütten vernichtet und ab und zu sogar Menschen getötet hatten. Und Begebenheiten wie auf unserem Dachboden waren wohl auch keine Seltenheit. Natürlich konnte das keiner beweisen, aber alle glaubten daran. Und das tue ich heute noch.

Ich weiß, dass in dieser Nacht Etwas auf dem Dachboden gewesen war. Ich weiß es."

Nach dieser Geschichte hatte Agnes einige Wochen mehr Angst als sonst gehabt, was sich danach aber wieder auf ein für sie gewöhnliches Maß normalisierte, wenn man es so nennen durfte. Es bestärkte sie außerdem in dem Wissen, nicht verrückt zu sein. Das war wichtig.

Die dritte Erinnerung drehte sich ebenfalls um ihre Großmutter, die damals geistig schon stark geschwächt war und sich an immer weniger Dinge erinnern konnte. Sie lag fast nur noch im Bett und schlief oder döste. Ansonsten saß sie auf einem Stuhl am Fenster und guckte in den Garten. Im Nachhinein hatte sich Agnes immer gewünscht, ihr in dieser Zeit zur Unterhaltung Geschichten vorgelesen zu haben. Sie hatte es aber nie getan und die Möglichkeit, es nachzuholen, würde nie wiederkommen. Das nagte schubweise sehr an ihr.

Sie betrat das Zimmer, wo auf der rechten Seite das Bett ihrer Großmutter stand und sich links eine kleine Küche mit einem Ofen befand, abgetrennt durch zwei schwere Vorhänge. Es gab noch eine in den Raum gezogene Wand, welche die Küche begrenzte, so dass in diese kaum natürliches Licht fiel – und wenn die Tage trüb und dunkel oder die Vorhänge der Fenster wie an diesem Sonntag zugezogen waren, konnte man darin kaum etwas erkennen und im hinteren Bereich nur gähnende Leere sehen.

Ihre Großmutter drehte den Kopf nach links und lächelte Agnes zu, die sich auf den alten, knarrenden Stuhl neben dem Fußende des Bettes gesetzt hatte.

„Versündige dich nicht!" sagte sie ohne jeden Zusammenhang, die Augen auf Agnes gerichtet.

„Das werde ich nicht", entgegnete Agnes, wie sie es immer tat, wenn ihre Großmutter damit anfing.

„Der liebe Gott sieht und merkt alles."

„Ich weiß, Oma."

Ein Schweigen machte sich breit.

„Kannst du sie sehen?" fragte ihre Großmutter plötzlich.

„Wen denn?"

„Kannst du ihre Augen nicht sehen?"

„Wo denn?"

Sie wandte den Blick von ihrer Enkelin ab und schaute in die Finsternis der Küche.

Agnes stand auf und machte einen Schritt nach vorn, um durch den Spalt zwischen den Vorhängen in das Dunkel der Küche zu blicken, aus welcher nur das Knistern des brennenden Holzes im Ofen drang. Und obwohl sie nichts sehen konnte, überkam sie schlagartig ein kräftiger Schauder, der sie regelrecht ansprang.

„Aber da ist niemand", sagte sie an ihre Großmutter gerichtet. Sie versuchte, sich ihre Angst nicht anmerken zu lassen. Das unheimliche Gefühl wurde stärker und stärker.

Ihre Großmutter nahm unterdessen den Blick, der klar fokussiert und alles andere als abwesend war, nicht von der Küche. „Sie warten auf mich, weil sie mich holen wollen."

Diese Worte versetzten Agnes derart in Panik, dass sie wortlos das Zimmer und das Haus verließ, um sich draußen in die kaum wärmende Sonne des Herbsttages zu stellen und sich zu beruhigen. Doch es war schon zu spät, denn auch dieses Ereignis brannte sich unauslöschlich in ihr Gedächtnis, um in den Folgejahren von Zeit zu Zeit an die Oberfläche ihrer Erinnerungen zu dringen; wie manchmal, wenn sie abends auf ihr Zimmer ging und in eine dunkle Raumecke sah ...

## Teil 21 – Staub der Zeit

Es herrschte eine sonderbare Stimmung an diesem Morgen. Im Osten erstreckte sich ein blauer Streifen, der die noch nicht sehr hoch gestiegene Sonne beheimatete, während auf dem Rest des Himmels eine dunkelgraue Wolkendecke lag, aus welcher vereinzelte Wolken so weit nach unten gewandert waren, dass die Sonne die ihr zugewandten Seiten mit Farben tünchen konnte, die von leichtem Rosa bis zu tiefem Orange reichten; es war, als würden die Überbleibsel nächtlicher Feuer am Himmel glimmen. Hinzu kam die Windstille und eine kühle Luft, die so frisch war, wie der Tau, der auf den Gräsern und den Spinnenweben dazwischen lag.

Der Spaziergang, bei dem er sich vor dem Frühstück etwas Leben in die müden Knochen laufen und Meeresluft in die Lunge saugen wollte, hatte Albert zu Aaris Werkstatt verschlagen, aus der Musik drang. Es interessierte ihn, ob Aari die Nacht über arbeitend wach geblieben war, denn irgendwann gegen 23:00 Uhr hatte dieser am Vorabend die gesellige Runde in der Küche verlassen, um sich nach eigener Aussage seinem aktuellen Projekt zu widmen und die nächtliche Stille zu nutzen.

Aari bearbeitete gerade mit einer Marmorraspel den Faltenwurf einer Skulptur, welche eine Katze darstellte, die unter einer Decke lag. Man konnte nur den Kopf und eine Pfote unter der ungemein realistisch wirkenden Decke hervorschauen sehen. Nahe des Kopfes hing ein Deckenzipfel über die Ecke der Plinthe. Auf allem lag Marmorstaub, was dem Raum ein Aussehen verlieh, als hätte der erste Frost des Jahres Einzug gehalten.

Den Schwan hatte Aari mittlerweile über einen Architekten verkaufen können, der für seine ausgewählte Klientel stets auf der Suche nach extravaganten Objekten war, gleich ob für eine Gartenanlage, wie in diesem speziellen Fall, oder für einen Bereich innerhalb eines Hauses.

„Na, schon wach?" fragte Aari, als Albert um die Ecke kam, und blickte kurz auf.

„Noch nicht wirklich", antwortete er und trat näher. „Hast du die ganze Nacht gearbeitet?"

„Ja. Es war auch entspannend, muss ich sagen." Er legte die Raspel nieder und setzte sich auf einen leeren Arbeitsbock, der direkt hinter ihm stand. „Gestern war die Luft raus. Und wenn ein Steinbildhauer keine Lust oder keine Kraft mehr hat, dann soll er ein paar Bier trinken, sich unterhalten und dann zurück an seine Arbeit gehen."

„Interessante Möglichkeit."

„Sinngemäß sagte das ein Steinbildhauer zu mir, den ich gut angetrunken in seiner Werkstatt traf. Er konnte trotzdem perfekt arbeiten. Wer weiß, wie oft er in dem Zustand war. Er wohnte allein in den Bergen und sein Nachbar war ein Kerl, der sich im Selbststudium den Bau von Orgeln beigebracht hatte. Dort oben war wenig bis nichts normal."

„Hast du das Handwerk von ihm gelernt?"

„Nein. Ich machte eine Lehre und baute zu ihm über eine Aussteigergruppe, in der er jahrelang gelebt hatte, Kontakt auf. Ich konnte von ihm viele interessante Techniken lernen.

Das Problem ist, dass es aus meiner Sicht heute schwieriger ist, seine Fertigkeiten zu perfektionieren. So viele Dinge schwirren um einen herum, die nach Aufmerksamkeit verlangen. Vor 2000 Jahren arbeitete man von morgens bis abends an einer Sache, weil es eben so war. Heute gibt es massenhaft Ablenkungen und Interessen; und dabei hat jede Tätigkeit ihre Daseinsberechtigung. Wenn man zum Beispiel Maler und zugleich Musiker ist, dann möchte man beides verfolgen und kann sich nicht nur auf eines konzentrieren und das Leben danach ausrichten, den Segen der Abwechslung mal ausgeschlossen. Sicher gibt es Menschen, die auch bei fünf Beschäftigungen meisterhafte Arbeiten hervorbringen, aber es ist bestimmt nicht mehr so einfach wie früher. Da erhielt man den Auftrag, dies und das in Stein zu hauen, und man tat nichts anderes. Heute fängt es ja damit an, dass man an Geld kommen muss, um sich Essen kaufen zu können. Möglicherweise liege ich mit der Ansicht falsch. Es könnte sein, dass mir viele widersprechen würden, aber ich sehe es so.

Es macht mir Spaß und ich kann damit Geld verdienen, um wenigstens für einige Zeit halbwegs über die Runden zu kommen. Da arbeitet es sich gleich ganz anders, wie ich finde, weil der

Druck weg ist, es zwingend tun zu müssen. Ich hätte gestern auch einfach in der Küche bleiben können und es wäre egal gewesen, weil mich niemand drängt."

„Außer du selbst", sagte Albert, welcher sich während Aaris Ausführungen die Katze von allen Seiten angesehen hatte.

„Wenn nicht ich, wer denn dann?" sagte er lachend und erhob sich, um sich in der hinteren Ecke der Laube eine Tasse Kaffee einzuschenken. „Willst du auch einen?"

Albert winkte ab. „Nein, danke."

„Eines der wohl größten Probleme für Leute, die plastisch und bildhaft arbeiten, ist die Tatsache, dass man die Werke von anderen zum Großteil kaum frei genießen kann. Entweder weiß man, wie sie gemacht wurden, was deutlich Begeisterung raubt, oder man versucht es herauszufinden, was wiederum ablenkt. Und man kann den Kopf nicht abstellen. Es ist wie ein Fluch. Oder tiefe Leidenschaft. Aber das kennen auch Fotografen und Leute am Theater, wie ich aus Unterhaltungen heraus erfahren habe, denn überall wird getrickst und gefeilt. Vielleicht ist es ein Mechanismus der Evolution, dass man sich weiterhin auf die eigenen Dinge konzentriert und Fremdarbeiten so weit es geht unbeachtet ausblendet und höchstens Inspiration und Wissen mitnimmt, um nicht dumm zu kopieren. Das ist die für mich schlüssigste Erklärung.

Ich glaube auch, dass einem Inspiration nur auf die Sprünge hilft. Jeder kreative Mensch kann

von sich aus ohne äußere Quellen etwas hervorbringen. Die Zeitspanne der Entwicklung würde
sich nur strecken, weil die Gedanken nichts hätten, um sich daran festzuhalten. Ob das nun ein
Wort ist, ein Lied, eine Szene aus einem Film, ein
Bild oder eine Stimmung, völlig egal. Und ich
finde, dass die Qualität leiden könnte, gerade was
Techniken angeht, die man für sich erst einmal
entdecken und entwickeln müsste."

Aari verrührte den Zucker und die Milch, legte
den Löffel neben die Kaffeemaschine und machte
es sich wieder auf dem Arbeitsbock bequem. Er
hielt die wärmende Tasse mit beiden Händen und
sah dem Dampf dabei zu, wie er aufstieg und sich
in der Luft verlor.

„Dazu kann ich leider nichts sagen", sagte
Albert, „weil ich nie sonderlich kreativ war."

„Du hast doch bestimmt als Kind irgendetwas
gemacht", sagte Aari und nahm einen Schluck.

Er fühlte sich wohl; Staub von der Arbeit auf
der zerschlissenen Kleidung und im Haar, kühle
Luft, die ihn frösteln ließ, wenn er sich nicht bewegte, dreckige Hände und durch seine Arbeit ge-
formter Stein vor und viel Motivation in sich.

Albert machte einen kleinen Hocker in der
Ecke bei der Türe aus und griff ihn sich. Er
wischte ihn kurz mit einem alten Tuch ab, das
ihm Aari von der Werkbank hinter sich gefischt
und zugeworfen hatte, und setzte sich in die Mitte
des Durchgangs.

„Das schon. Als Kind zeichnete ich gerne. Teilweise ganze Geschichten auf ein Bild, wobei ich

sie mir beim Malen ausdachte und vorstellte. Alles auf einem Bild und nicht wie in einem Comicheft."

„Zum Beispiel?"

„Piraten, die mit ihrem Schiff an einer Insel anlegten, um einen Schatz zu suchen oder ein Höhlensystem, das sich mit Wasser füllte, das sich dann wiederum seinen Weg suchte und einige Höhlenkletterer einsperrte. Solche Sachen. Und Geschichten aus dem Wilden Westen, mit Schießereien und Überfällen. Was man eben als kleiner Junge so im Kopf hat."

„Was ist aus den Bildern geworden?"

„Ich bekam ein größeres Zimmer, als ich älter wurde, und sortierte beim Umzug Sachen aus, die ich nicht mehr brauchte. Und im Anflug geistiger Umnachtung warf ich dabei alle Zeichnungen aus meinen Kindertagen weg. Das bereue ich heute noch, das kannst du mir glauben."

„Das ist ja wirklich ärgerlich."

„Ja. Keine Ahnung, was ich mir dabei gedacht hatte. Vermutlich wenig bis gar nichts."

„Du hattest eine rege Phantasie, das ist gut. Und wichtig, wie ich finde."

Albert kratzte sich am Knie. „Ja. Ich konnte mich auch immer selbst beschäftigen. Ob ich nun im Garten hinter dem Haus meiner Eltern spielte, im Zimmer zeichnete oder mit Bausteinen etwas baute und dann mit den dazugehörigen Figuren Handlungen spielte. Als Kind war mir nie wirklich langweilig, denn ich hatte immer die eine oder andere Idee."

„Das klingt nach einer tollen Zeit."

„Das war es auch. Und dann fing ich an zu grübeln und alles verlor sich."

„Ich kenne das Problem. Aber, um ehrlich zu sein, ich führe heute noch gerne Selbstgespräche und spinne mir Sachen zurecht. Aber nur, wenn ich alleine bin. Es wäre mir viel zu peinlich, wenn das jemand mitbekommen würde, wie ich dastehe und plaudere."

„Das geht nachts bei einer Autofahrt am besten, denn da sieht einen niemand", sagte Albert, der genau wusste, wovon Aari sprach, denn Selbstgespräche führte auch er ab und zu.

„Ich bin hin und wieder immer noch Kind und das verdammt gern. Besser als einer, der den ganzen Tag im Büro sitzt, ein Haus hat, eine Frau mit Kind, einen Hund, seine Sonntagszeitung und dafür kein Leben."

„Da hast du Recht", stimme Albert zu, der sich einige der Leute ins Gedächtnis rief, die er kannte und welche teilweise körperlich zwar jünger waren als er, geistig jedoch älter und eingefahrener. Vielleicht hatte das seine Vorteile. Vielleicht auch nicht.

„Hast du jemals einen Grabstein gemacht?" wollte Albert wissen.

„Mehrere."

„Auch für jemanden, den du kanntest?"

„Leider ja. Es ist hart, wenn man einen Grabstein für jemanden machen muss, dem man sehr nahe stand. Es ist aber auch eine große Ehre, so etwas tun zu dürfen. Mich kotzt es bloß noch immer an, dass ich damals einen Fehler bei der Beschriftung machte."

„Welchen denn?"

„Es sollte ein Auszug aus einem Gedicht auf den Stein und darin vergaß ich einen Buchstaben. ‚Weg-e-gangen' statt ‚weg-ge-gangen'. Ausgerechnet bei dem Stein, bei dem es keinen Fehler hätte geben dürfen. Da wurde es auch nicht besser, als die Mutter der verstorbenen Freundin meinte, das sei ein Zeichen von ihr gewesen, dass sie eben nicht weggegangen sei und noch da wäre. Vielleicht war es ein Zeichen, vielleicht auch nur meine Dummheit. Ich weiß es nicht. Und ich mache mir immer noch Vorwürfe wegen der Sache. Ich kann mich von der Schuld nie reinwaschen. Nicht einmal mit Tausend Tränen. Das klebt an mir, denn es hätte einfach nicht passieren dürfen. Und ich kann es auch nicht unter Steinstaub verstecken. Es geht nicht."

„Was hast du dann gemacht?"

„Die Schriftfläche zurückgesetzt, um die falsche Schrift zu entfernen, weil es natürlich erst viel zu spät aufgefallen war. Und dann wieder von vorn begonnen und beim zweiten Anlauf zum Glück alles richtig gemacht.

Der Stein wurde dann mit Verzögerung aufgestellt. Aber ihre Eltern, Verwandten und Freunde freuten sich über das Ergebnis.

Ihre Mutter hatte gemeint, wenn sich das Windrad am Grab dreht, dann ist sie da, und wenn es still steht, dann ist sie unterwegs. An dem Tag, an dem der Stein aufgestellt wurde, war sie da, denn es drehte sich die ganze Zeit." Aari schwieg nachdenklich.

„Möglicherweise musste das mit der Schrift passieren, gerade weil es so wichtig war. Bei wichtigen Dingen wird man schnell blind, besonders dann, wenn zusätzlich so viele Emotionen damit zusammenhängen."

„Das wurde mir auch von einigen Leuten gesagt, aber das ändert nichts. Weißt du, es ist schlimm, dass ich ihr beispielsweise kein schönes Lied mehr vorspielen kann, von dem ich meine, sie sollte es kennen. Und dann das mit der Schrift. Das wird wohl ewig über mir hängen."

Aari blickte gedankenverloren an Albert vorbei hinaus auf die Wiese hinter dem gepflasterten Arbeitsplatz und nahm dabei wie automatisiert einen Schluck Kaffee.

„Vermutlich. Aber ich weiß nichts darauf zu sagen, um ehrlich zu sein." Albert beneidete ihn nicht um diese Erfahrung.

Aari ließ die beklemmenden Erinnerungen fallen und schaute zu Albert. „Musst du auch nicht. Das können nur sehr wenige wirklich nachvollziehen, das weiß ich."

Dann stand er auf und stellte die Tasse auf den Arbeitsbock, wonach er von der Werkbank eine Flasche Mineralwasser nahm. „Ehe ich gleich weitermache, wollte ich dir noch etwas zeigen. Vielleicht findest du es blöd, aber ich finde es recht interessant."

Albert stand auf und stellte den Hocker wieder in die Ecke, aus der er ihn hatte. „Was denn?"

Aari deutete Albert mit einer Kopfbewegung an, dass er zur Werkbank kommen sollte, was dieser auch tat. Im Anschluss daran öffnete Aari die Flasche und ließ Wasser auf die Werkbank tropfen. Dort bildete das Wasser unterschiedlich große Perlen, die von kleinen Kugeln bis zu größeren, ovalen Formen reichten. Man konnte deutlich sehen, wie der feine Staub das Wasser zusammenhielt. Aari ging in die Hocke und pustete leicht, woraufhin sich die Wassergebilde im aufgewirbelten Staub wabernd bewegten, ohne zu zerlaufen.

Albert betrachtete den Effekt überrascht, denn so etwas hatte er noch nie gesehen.

Dann wählte Aari die größte Wasseransammlung aus und legte seine Hand davor, um sogleich mit einer schnellen Bewegung den Zeigefinger niedersausen zu lassen, was dazu führte, dass die Perle in kleinere Teile zersprang, die nach allen Seiten hin wegrollten.

Grinsend wandte sich Aari ab und trat wortlos zurück an die Katze aus Marmor, wo er die Raspel zur Hand nahm.

Albert ließ seinerseits eine Perle zerplatzen, ehe er sich auf den Weg machte, seinen Spaziergang fortzusetzen. „Dann wünsche ich dir noch viel Schaffenskraft!"

„Danke", sagte Aari, der raspelte und dabei den ersten Staub wegpustete. „Dann bis später!"

„Bis dann!"

Albert sagte nichts zu den Wasserkügelchen, sondern nahm den Moment schweigend mit sich, als er aus der Hütte trat und den Weg nach links einschlug. Er wollte an der Stadtmauer entlang bis zum Park gehen, durch diesen hindurch und wieder zurück zum Haus, denn obwohl er sich nicht viel munterer fühlte, machte sich der Hunger bemerkbar, der gestillt werden wollte.

# Teil 22 – Ein Hauch von Freiheit
## oder
## Innerer Frieden

Aari stieg über die kleine Treppe unter Deck hervor in das Ruderhaus und blickte sich kurz um, um festzustellen, ob er noch dort war, wo er angelegt hatte. Anschließend begab er sich Steuerbord Richtung Bug durch die offene Türe hinaus in den sonnigen Morgen, streckte sich genüsslich und atmete tief ein.

Er lag mit seinem Hausboot an der Anlegestelle eines Kanals, der sich sanft dahinschlängelte und ihn an den schönen Ort gebracht hatte. Gesäumt wurde der im Durchschnitt 10 Meter breite Kanal seit einigen Kilometern von sattem Gras, den wogenden Goldweiten von Getreidefeldern und von Bäumen, deren Kronen oftmals so ausladend waren, dass sie sich gegenseitig durchdrangen und das Wasser an vielen Stellen nahezu gewölbegleich überspannten und weitläufige Schattenspiele auf alles unter sich warfen.

Das kleine Hausboot, das er von einem alten Binnenschiffer gekauft hatte und mit welchem er seit rund einem halben Jahr unterwegs war, war etwa drei Meter breit und acht Meter lang. Das Ruderhaus war so breit wie das Boot, maß zirka vier Meter in der Länge und besaß neben der Türe zum Bug auch eine zum Heck, wo sich auf zwei Metern Länge ein fast komplett überdachter Bereich befand. Das Deck vor dem Ruderhaus war nicht fest überdacht, konnte aber durch ein Sonnenschutzsegel, das ausrollbar in einem Kasten am Ruderhaus befestigt war, unter Zuhilfenahme von zwei Aluminiumstangen, die man links und rechts in dafür vorgesehene Halterungen stecken und fixieren konnte, bei Bedarf vor Sonne und Regen geschützt werden.

Das Wasser lag weitgehend ruhig da. Einzig Aaris Bewegungen ließen kleine Wellen vom Boot ausgehen, die sich jedoch nach kurzer Zeit verloren und daher nichts am Gesamteindruck änderten. Das Sonnenlicht ließ unterdessen die Umgebung an vielen Stellen glitzern, während sich vereinzelte Nebelschwaden darin auflösten. Hoch oben in den Bäumen sangen Vögel ihre Lieder und belegten die ansonsten vorherrschende Stille mit einem fröhlichen Zauber.

Aari blinzelte kurz nach rechts, wo sich die Sonne über einem Feld erhob, setzte sich im Schneidersitz auf den Boden und lehnte sich mit seinem Rücken an die Brüstung, wo er die Augen schloss und sich das wärmende Licht auf das Gesicht und den nackten Oberkörper scheinen ließ.

Er konnte gerade in diesem Augenblick von sich sagen, dass er glücklich war. Er hatte all sein Hab und Gut – es war ohnehin nicht viel, denn er war der Auffassung, dass Besitz lediglich verpflichtet – bei sich auf dem Boot, hatte ausreichende Finanzen zurückgelegt und musste sich erst einmal um nichts kümmern oder Sorgen machen. Er konnte weiterhin die Kanäle durchfahren und dabei zeichnen, ein gutes Buch lesen oder mit seinem Stativ und der Kamera an Land gehen und nach schönen Motiven Ausschau halten, um diese in seiner kleinen Dunkelkammer, die er unter Deck besaß, zu entwickeln.

Er war mit sich im Reinen, denn er konnte tun und lassen, was er wollte, da er nur sich gegenüber Rechenschaft abzulegen hatte. Zudem war das kleine Boot die momentan ideale Behausung. Es war perfekt in Schuss, er hatte die Telefonnummer des alten Mannes mit der wind und sonnengegerbten Haut und vor allem dessen Wort, ihm bei jeglichen Problemen unter die Arme zu greifen, da dieser in seinen jungen Jahren selbst damit durch die Gegend gefahren war und daher wusste, wie wichtig eine helfende Hand sein konnte. Was an dieser Stelle besonders wichtig war: Der Mann verfügte über zahlreiche Kontakte aus seinen Jahren auf dem Wasser, von denen ihm laut eigenen Aussagen jeder einen Gefallen tun würde – wie zum Beispiel Aari im Fall der Fälle bei einem Schaden am Boot bei der Reparatur zu unterstützen.

Zurückblickend hatte sich Aari gut entwickelt. Er war durch Zeiten gegangen, in denen er sein Zimmer einzig mit billigsten Teelichtern hatte wärmen können, da er weder Geld für Heizung noch für Strom besessen hatte. Oder er hatte im Winter in einem Wohnwagen auf einem Ganzjahrescampingplatz geschlafen und sich bei −25 Grad nachts abwechselnd in seinem Schlafsack mit dem Gesicht und dem Rücken an den kleinen

Heizkörper geschmiegt, der gerade so viel Wärme produziert hatte, dass er nicht erfroren war. Sein Atem war an den Fensterscheiben und auf dem Stoff seines Nachtlagers regelmäßig zu Eis erstarrt. Es hatte auch nichts gebracht, die größten Ritzen mit Papier, geeignetem Abfall und Klebeband abzudichten, denn der Wind war hartnäckig auf seiner Suche nach einem Weg hinein und einem Weg hinaus geblieben, begleitet von seinem fürchterlichen Pfeifen und manchmal unheilvollen Fauchen. Im Nachhinein wunderte es ihn, nicht an Unterernährung oder Vitaminmangel gestorben zu sein, denn er hatte das verdiente und zusammengeschnorrte Geld größtenteils für den Schlafplatz ausgeben müssen. Folglich war meist nicht genug übrig geblieben, um mehr als ein paar trockene Brotscheiben über den Tag verteilt zu kauen.

Neben dem streckenweise nackten Überleben dieser Lebensphase war der zweite wichtige Punkt, dass er alles in mehr oder minder geregelte Bahnen hatte lenken können. Nur zu oft – wenn all seine Klamotten wieder einmal teppichgleich den Boden unter Deck verhüllten – erinnerte er sich an seine alte Einraumwohnung. In dieser hatte er Getränkeflaschen und Altpapier regelrecht zu zwei Bergen aufgetürmt, da er sich nicht mit der Beseitigung hatte auseinandersetzen wollen; von der generellen Unordnung ganz zu schweigen. Es war schon eine Überwindung für ihn gewesen, Küchenabfälle in die Mülltonne im Hinterhof zu bringen, da er seine Zeit in einer kreativen Phase nicht mit solchen Dingen hatte vergeuden wollen.

Selbst aktuell sah er es meistens nicht ein, weshalb er sich 15 Minuten mit der Zubereitung eines Essens befassen sollte, nur um es dann hastig zu verschlingen, um möglichst schnell weiter an einem Projekt arbeiten zu können. Er war sich durchaus bewusst, dass dieses Verhalten einen Verzicht auf Lebensqualität bedeutete. Genau wie die Ernährung mit Instantnudeln und Dingen, die er nebenher essen konnte, ohne sie vorher länger kochen oder aufwärmen zu müssen. Doch er zwang sich oft dazu, sich bewusst die Zeit zu nehmen und den inneren Druck der Eile damit abzufangen, über seine aktuelle Tätigkeit nachzudenken oder sich geistig mit etwas anderem zu beschäftigen. So konnte er sich selbst gegenüber sagen, auch diese Situationen effektiv zu nutzen, anstatt sie in seinen Augen mit Müßiggang verstreichen zu lassen.

Er öffnete die Augen und stellte fest, dass die Sonne höher stand und leichter Wind aufgekommen war, der in den Baumkronen raunte. Seine Augen mussten sich kurz an die Umgebung gewöhnen, denn das Licht, das permanent durch seine Lider gedrungen war, ließ die Welt undeutlicher und heller erscheinen, als sie in Wirklichkeit war. Seine Vorderseite hatte sich angenehm aufgeheizt, während sich der Rücken und die Hinterseite der Arme eiskalt anfühlten, ebenso wie die zwei Silberketten an seinem Hals im Nacken.

Bei diesen beiden Ketten hatte er zurückblickend eine Feststellung gemacht: Waren sie getrennt, ging es ihm gut, waren sie wie von magischer Hand zu einer Kette umeinander gewickelt, plagten ihn Sorgen und Ängste. Er konnte natürlich nicht sagen, was davon auf was Einfluss hatte oder ob er es sich nur einbildete, denn erstens erstreckten sich die Phasen häufig über mehrere Wochen und zweitens achtete er nur sehr selten darauf, wie die Ketten um seinen Hals hingen. Die meisten Vergleichsmöglichkeiten verfielen damit unbeachtet. Aber eine Übereinstimmung von drei aus vier Fällen bestärkte ihn in der Annahme, dass eine Verbindung bestand. Ihm fehlte schlichtweg die Disziplin, eine Langzeitbetrachtung durchzuführen, um eine kleine Statistik aufzustellen. Es war wie mit dem Kochen: Er hatte bessere Dinge zu tun.

Nachdem er wieder richtig sehen konnte, raffte er sich aus der unangenehm gewordenen Position auf und lief zum hinteren Teil des Bootes, wo eine sehr steile Treppe auf der Backbordseite hinauf zum Dach des Ruderhauses führte. Die Überdachung hatte im Durchgangsbereich der Treppe eine Öffnung, die gerade so groß war, dass Aari knapp und ohne sich zu stoßen hindurch passte.

Auf dem Dach des Ruderhauses, das eine zirka 50 Zentimeter hohe Brüstung säumte, über deren Oberkante man von der letzten Stufe aus steigen musste und welche im unteren Bereich umlaufend zahlreiche Löcher besaß, damit Regenwasser ungehindert abfließen konnte, befand sich im vorderen Bereich ein Gewächskasten aus Plexiglas, der mit der Oberkante der Brüstung abschloss und sich über die verfügbare Gesamtbreite erstreckte. Links und rechts standen einige Blumenkästen, in denen Möhren, Radieschen und Küchenkräuter wuchsen. Rechts neben der Stelle mit der Treppe standen drei große Blumentöpfe, in denen je eine Tomatenstaude wuchs, und ein Eimer, der an einem Strick befestigt war, mit dessen Hilfe Aari direkt vom Dach aus Wasser schöpfen konnte. Der Gewächskasten war momentan leer und beherbergte lediglich eine Spinne, die dort ihr Netz gesponnen hatte und ab und an sogar etwas fing, obwohl die Zugangsmöglichkeiten für potentielle Nahrung sehr beschränkt waren.

Er riss sich Petersilie ab und kaute sie, um das wunderbare Aroma zu schmecken, während er eine Tomate abdrehte und sich auf die Brüstung setzte.

Es gefiel ihm, so abgeschieden von allem und nur mit sich selbst zu sein. Er hörte fast jeden Morgen die Nachrichten im Radio, doch blieb das auch der einzige Kontakt mit den Medien, außer er kaufte sich eine Tageszeitung, was er aber nur alle paar Wochen tat. Er war ohnehin der Ansicht, dass man nicht alles wissen musste. Er wusste, wie viel Schlechtes in der Welt geschah, doch hatte er gelernt, darauf zu verzichten, sich näher damit zu beschäftigen, denn er lebte auf diese Art ruhiger. Und es interessierte ihn auch nicht sonderlich, was irgendwo außerhalb seiner Einflussmöglichkeiten geschah. Er konnte einer beliebigen Person die Entstehung eines Schwarzen Loches erklären, hatte jedoch von aktuellen Geschehnissen in Politik und Wirtschaft keine Ahnung. So konnte er zwar bei den betreffenden Themen nicht mitreden, aber das hätte ihn seiner Meinung nach auch nicht zu einem besseren oder schlechteren Menschen gemacht. Er besaß sein Boot, Geld und Zeit und fiel niemandem zur Last. Das war alles, was für ihn zählte.

Er biss in die Tomate und entschied, nach dem Frühstück in den nahegelegenen Ort zu spazieren, um Nahrungsmittel und zwei oder drei Romane zu kaufen, weil er am vergangenen Abend beim Grillen am Ufer seine letzten Fleischvorräte aufgebraucht und vor Tagen sein letztes Buch ausgelesen hatte. Gegen Mittag wollte er dann die Leinen lösen und wieder dem Wasserlauf folgen, da er schon vor drei Tagen angelegt hatte und etwas Neues sehen wollte. Vielleicht würde er die Gegend vorher noch in seinem Skizzenbuch festhalten – einige Fotos waren am Vortag entstanden, nachdem er sich stundenlang mit dem Umtopfen seiner beiden Bonsais befasst hatte –, aber das wollte er auf dem Weg in die Stadt und dem Lauf zurück entscheiden.

Und so erhob er sich, um aus der Kombüse eine Schale mit Müsli und Milch zu holen und bei den Radionachrichten in Ruhe an Deck in der Sonne zu essen, ehe er sich ein Hemd überziehen und in die Stadt aufbrechen würde.

# Teil 23 – Der Leuchtturm

Es regnete; seit über einer Woche regnete es beinahe permanent. Und in den wenigen Stunden, in denen es nicht regnete und zusätzlich stürmte und gewitterte, hatte die Sonne nicht die kleinste Möglichkeit, die Gegend zu erhellen, da sie den Kampf gegen den allgegenwärtigen Nebel nicht gewann. Die Temperaturen waren stark gefallen und schienen den Herbst weit vorgezogen ein-läuten zu wollen. Daher wunderte es niemanden, als sich bei fast allen ein Schnupfen andeutete, was den Eindruck der dritten Jahreszeit unter-malte.

Die Unwetter waren mitunter so stark, dass man das Donnern in der Luft fühlen konnte und jegliche Geräusche im Rauschen und Tosen von Wind und Regen erstickt wurden. Man konnte in einem Raum sein und musste sich teilweise bei geschlossenen Fenstern anschreien, um einander zu verstehen. Das Wetter vermittelte einem hier-bei – trotz oder gerade wegen allen Unannehm-lichkeiten – die Vorzüge einer Behausung, die ei-nes warmen Bettes und einer heißen Dusche.

Das alles erinnerte Yuuki an den ersten Abend und die erste Nacht bei der Gruppe in dem Haus im Nirgendwo, denn die wetterbedingten Paral-lelen drängten sich ihm regelrecht auf.

Bereits am Vortag hatten sich Walther und Albert zu einer Flasche Wein im Leuchtturm verabredet, was Albert am Abend den Regenschirm und eine Taschenlampe greifen ließ, um sich hinaus in den Regen zu wagen, nachdem er einige Zeit am Fenster damit zugebracht hatte, darauf zu warten, dass wenigstens der Wind etwas nachließ. Da seine Hoffnungen erhört worden waren, nutzte er die Chance, verließ fluchtartig das Haus und lief nach rechts Richtung Norden.

Er wurde von einer Mischung aus Nebel und starkem Nieselregen umgeben, eingebettet in eine Stille, die nur von seinen Schritten und den Geräuschen unterbrochen wurde, die entstanden, wenn irgendwo Tropfen niederfielen, ob nun von Blatt zu Blatt, auf Metall, Stein, in eine Pfütze oder über ihm auf den Schirm. Ferner musste er die Taschenlampe bemühen, denn Sturm und Regen hatten die Straßenbeleuchtung ausfallen lassen und die Stadt bis auf das Haus und den kleinen Lichtfleck, der vor ihm über den Boden tanzte, in Dunkelheit versetzt.

An der Hauptstraße, die rechts zum Anwesen führte, bog er nach links ab und im Stadtzentrum nach rechts. Im Vorbeigehen erkannte er, dass Laub und der kräftige Niederschlag trotz der Risse im Brunnenbecken für einen Stau des Wassers gesorgt hatten. Es stand beachtlich hoch und bot sogar treibenden Blättern eine Fläche.

Im Norden lag ein Durchgang in der Stadtmauer, der unwesentlich kleiner war als das Hauptportal der Kirche und gleichfalls über eine Flügeltüre verfügte. Albert öffnete die Türe, trat hindurch und schloss sie wieder.

Auf der anderen Seite befand sich eine Kons-
truktion mit einer etwa zwei Meter breiten Treppe, die nach unten führte und über Zwischen-
podeste verfügte. Die Stufen und Podeste bestanden aus Gitterrosten und die drei offenen Flanken
waren mit Plexiglas verkleidet, das mit Silhou-
etten von fliegenden Vögeln beklebt war, was ein
richtiges Treppenhaus entstehen ließ. Alles war
überdacht, auch der Teil zwischen Treppe und
Stadtmauer – hier gab es links und rechts jeweils
eine Türe, so dass ein Gang entstand, der vom
Tor aus zur Treppe führte. Kaum dass man die
Türe durchschritten hatte, stand man stets in einer
niederschlagsfreien Umgebung. Da am unteren
Ende ebenfalls eine Türe zu finden war, hielt sich
die Windkanalwirkung stark in Grenzen, wenn
diese geschlossen war; man spürte lediglich einen
leichten Zug, der nicht weiter störte. Laut Walther
handelte es sich bei allen Bauteilen um eine
Aluminiumlegierung aus dem Schiffsbau, um
nicht regelmäßig lackieren oder gar Teile austauschen zu müssen. Allerdings tätigte er Kontroll-
gänge, und das mit höherer Regelmäßigkeit als im
Anwesen, wie er lachend zugegeben hatte.

Albert, der auf seinem Weg von der nasskalten
Witterung und dem bedauerlicherweise wieder
stärker gewordenen Wind ausgekühlt worden
war, schüttelte den Regenschirm ab und schloss
ihn, ehe er mit seiner Taschenlampe nach rechts
hinab zum ersten Podest leuchtete. Über jedem
Podest und in der Mitte jedes Treppenabschnittes
hing eine Glühbirne von einem durchlaufenden

Kabel herunter, welches momentan keinen Strom führte, was ihn nicht überraschte.

Die gähnende Schwärze hinter dem Plexiglas, das durch das Licht der Taschenlampe und durch das daran herabfließende Wasser gut zu sehen war, machte Albert trotz der Sicherheit sehr unruhig. Er hielt sich beständig auf der Innenseite der Treppe, um die unzähligen Stufen hinter sich zu bringen.

Unten angekommen öffnete er die Flügeltüre, die auch aus Plexiglas bestand und die jemand mit schwarzem Filzstift bemalt hatte. Das durch die Schraffur an eine Radierung erinnernde und vielleicht einzig wegen der Sichtbarkeit der Türe angebrachte Motiv zeigte ein Piratenschiff auf dem linken und eine Insel mit Palmen auf dem rechten Flügel. Albert ließ die Türe hinter sich ins Schloss fallen und blickte in den Gang, der kerzengerade zum Leuchtturm führte. Aluminium und beklebtes Plexiglas waren hier beim Bau ebenso zum Einsatz gekommen wie die Glühbirnen, die erloschen von der Decke hingen. An heißen Tagen ließ Walther alle Türen offen, um den Meereswind zu nutzen und die sich anstauende Hitze wie durch einen Kamin loszuwerden.

Albert hatte die Anlage bereits bei Tageslicht gesehen und wusste daher, dass sich der zwei Meter breite und ebenso hohe Gang mittig auf den Überresten eines rund 5 Meter breiten und 100 Meter langen Steges aus Stein und Beton befand.

Als von *Nebelthron* aus noch Handel betrieben worden war, hatte der breiter dimensionierte Steg komplett aus Holz bestanden, ebenso wie die Seitenarme, zwei links und zwei rechts. An jedem konnte ein Schiff anlegen. Oben in der Stadt waren Vorrichtungen mit Kränen erbaut worden, deren Aufgabe das Heben und Senken von Lasten und der Transport von Mensch und Tier gewesen war. Am Sockel der Stadt hatte es zudem eine große, vorgelagerte Plattform gegeben, die Platz für die Lagerung von Gütern geboten hatte. Doch all das war mit der Zeit bis auf den zentralen Steg verfallen, da kein weiterer Nutzen bestanden hatte. Der Steg wurde irgendwann abgerissen und als massive Version neu errichtet, da der Leuchtturm trotz aufgegebener Tätigkeit erhalten werden sollte. Der Gang und die Treppe wurden für das sichere Erreichen entworfen und umgesetzt, wobei beides anfangs noch aus Stahl und lediglich begrenzendem Gitter bestanden hatte. Laut Walther war vorgesehen, innerhalb der nächsten zwei Jahre einen Fahrstuhl neben dem Treppenschacht zu bauen; über den aktuellen Stand der Planungen konnte er aber keine Aussage machen. Es lag alles in den Händen der Beziehungen, die sich zusätzlich um die Finanzierung kümmerten.

Im Lichtkegel der Taschenlampe – der Nebel waberte nicht nur draußen, sondern auch innerhalb des Gangs, was bei der Treppe nicht so ausgeprägt und auffällig gewesen war, wodurch der Schein perfekt definiert wurde – sah Albert nach einigen Metern rechts die erste Türe. Als Fluchtweg gab es im gleichen Abstand auf jeder Seite drei Stück. Er stellte sich vor, wie es wäre, diese nun einfach zu öffnen und mit Anlauf hinaus in den Nebel und die Finsternis zu springen; oder außerhalb des Gangs bis zur nächsten Türe zu laufen.

Er ließ den mulmigen Gedanken fallen und lief weiter, während das Meer unmerklich gedämpft tobte, der Donner grollte, der Regen gegen das Plexiglas prasselte und seine Schritte schwach widerhallten. Die Stimmung war unheimlich. Deshalb erhöhte er unbewusst seine Laufgeschwindigkeit, um schnellstmöglich am Turm zu sein.

Als Albert an der Eisentüre stand – links und rechts lag die jeweils letzte Türe in der Gangwand, durch die man schreiten und den Turm bei Bedarf umrunden konnte – und den schweren Türklopfer betätigte, welcher den Kopf eines grimmig dreinschauenden Mannes mit Vollbart darstellte, in dessen Mund sich der Ring befand, dauerte es nicht lange, bis Walther öffnete. Er lächelte und deutete mit der Taschenlampe in seiner rechten Hand an, dass Albert eintreten möge.

„Ist das Neptun?" fragte Albert, blickte beiläufig nochmals auf das Gesicht an der Türe und trat in das Innere. „Böse wie er schaut, passt er ideal zum Wetter."

„Gut möglich", sagte Walther und nahm Albert den Regenschirm ab, den er in den Regenschirmhalter steckte, der am Fuße der Wendeltreppe neben dem Geländer stand und welcher neben dem Garderobenschrank, der genau gegenüber der Treppe zu finden war, das einzige Objekt im Erdgeschoss darstellte. „Genau kann ich es aber nicht sagen. Ich fand ihn vor Ewigkeiten bei einem Antiquitätenhändler und fand es witzig, ihn an die Türe zu montieren."

Der Türklopfer war mit einer Elektronik ausgestattet: Wenn man den Ring anschlug, leuchtete in jeder Etage eine kleine Lampe auf, denn das Klopfen war nicht einmal laut genug, um im zweiten Geschoss gehört zu werden.

Walther prüfte, ob die Türe korrekt im Schloss lag, ehe er nach links die Wendeltreppe hinauf in die Dunkelheit des Turmes lief. Die Treppe maß einen Durchmesser von rund 1,5 Metern und führte direkt bis hinauf in die Spitze, wo das vor vielen Jahrzehnten erloschene Leuchtfeuer ruhte.

Im ersten Stock des 37 Meter hohen Steinturmes, der unten einen Durchmesser von sieben Metern hatte und sich nach oben hin bis unterhalb der letzten Etage auf etwas weniger als fünf Meter verjüngte, befanden sich zwei Räume, die, genau wie alle anderen, durch eingezogene Trennwände definiert wurden. Einer davon war das Bad mit Toilette und der andere die Waschküche. Für die Wendeltreppe befand sich im Boden ein genau passendes Loch, so dass, wie in den anderen Etagen auch, die maximale Fläche genutzt werden konnte. Im zweiten Stock lagen ein Raum mit dem Sicherungskasten, einem kleinen Stromgenerator und der Heizungsanlage, ein zweiter mit der Vorratskammer und ein dritter mit der Küche. Im dritten Stock fand man ein offenes Wohnzimmer mit allerlei Grünpflanzen, einem riesigen Sessel, einer Couch, einem Esstisch mit Stühlen, einer alten Schrankwand, einem Fernseher – Albert fragte sich, wie das alles seinen Weg hierher gefunden hatte, da die Treppe zu wenig Platz bot –, einer Stereoanlage und zahlreichen großen und kleinen modernen Gemälden an der Wand. Die Tatsache, dass der Boden hier komplett mit einem dicken Teppich ausgelegt worden war, verstärkte den wohnlichen Eindruck. Im vierten Stock lagen das Schlafzimmer und ein weiteres Bad mit Toilette. Der fünfte Stock war ebenfalls ein offener, am Boden komplett mit Teppich ausgekleideter Raum mit einem runden Tisch und einigen Stühlen in der Mitte, mit bis zur Decke reichenden Bücherregalen vor der Wand, einem Barwagen und einem großen Lesesessel mit Leselampe auf der einen und einer Zimmerpalme auf der anderen Seite. Der sechste Stock war ein wüstes Atelier für Malerei mit drei Staffeleien, zwei großen Tischen an der Wand, einem Stuhl, Unmengen an leeren und bemalten Leinwänden, die angelehnt überall herumstanden oder an der Wand hingen, und Malutensilien, die wild verstreut standen und lagen. Der Boden war mit Holz ausgekleidet, dem man den Nutzungszweck der Etage deutlich ansehen konnte. Direkt an der Treppe befand sich ein kleiner Bereich, wo man die Schuhe ausziehen und sie gegen mit Farbe bekleckerte Pantoffeln austauschen konnte, von denen drei Paar vorhanden waren.

Da Albert schon mehrmals im Leuchtturm gewesen war, kannte er die Räume und folgte Walther daher einfach in die siebente Etage hinauf, ohne mit der Taschenlampe in die Zimmer zu leuchten und sich umzusehen. Ihm fiel bei den Schritten nach oben auf, dass man den Wind und das Donnern kaum hörte und man den Regen nur von den Fenstern her wahrnehmen konnte, gegen die er gepeitscht wurde und durch welche hindurch die Blitze die Szenerie auf eine gruselige Art erhellten.

„Was ist mit der Heizung?" fragte Albert. „Es ist richtig angenehm hier."

„Sie lief bis zum Stromausfall und der Turm ist sehr gut isoliert, deshalb merkt man nicht, dass sie seit Stunden nicht mehr läuft", antwortete Walther. „Es wird nie wirklich kalt hier drin. Und zur Not kann ich jederzeit den Generator anwerfen. Benzin habe ich draußen noch genug gelagert."

„Wo denn?"

„Vom Eingang aus gesehen auf der gegenüberliegenden Seite in einem kleinen Metallschrank. Ich habe keine Lust auf ein Feuer, während ich hier drin bin."

„Verständlich", sagte Albert und betrat dabei über die letzte Stufe hinweg die oberste Etage, welche aufgesetzt war und einen Durchmesser von etwas mehr als sechs Metern besaß.

Hier oben gab es in der Mitte die Mechanik des Leuchtfeuers mit einem Radius von weniger als einem Meter und unweit der Treppe – links davon und fast genau nach Westen deutend – eine Türe hinaus auf den umlaufenden Balkon. Die Wand war in der unteren Hälfte massiv und bestand im oberen Bereich aus Fenstern, die bei Tageslicht einen wunderbaren Blick in alle Richtungen ermöglichten. Zwischen Wand und Leuchtfeuer gab es in östlicher Richtung einen Tisch mit vielen Büchern, Notizen, einer Tastatur, einer Maus, einem Flachbildschirm und brennenden Teelichtern. Der PC stand unter dem Tisch, von dem aus man morgens wunderbar hinaus auf das Meer und die aufgehende Sonne blicken konnte. Davor stand ein lederner Bürodrehstuhl. Im restlichen Raum gab es noch einen kleinen Rollwagen mit einer Kaffeemaschine, Tassen, Gläsern und einigen liegenden Weinflaschen, zwei kleine Regale mit Büchern, eines mit verschiedensten Dingen des täglichen Bedarfs, einen Sessel, vor dem ein kleiner Tisch mit einem Fernseher, einer Videospielkonsole und einer kleinen Auswahl an Spielen stand, zwei Zimmerpalmen und einen etwas längeren, niedrigen Tisch, an dessen kurzen Seiten jeweils ein Sessel stand und auf dem sich in der Mitte ein Schachbrett nebst zum Spiel aufgereihten Figuren befand.

Walther sagte, Albert möge an dem Tisch einen Sessel wählen, wonach er zwei große Kerzen und zwei Kerzenhalter suchte, diese fand und brachte. Er stellte je eine Kerze vor sich und vor Albert auf die den Fenstern zugewandte Tischseite und zündete sie an, wonach ein weiches Licht die Umgebung erhellte. Anschließend knipste er seine Taschenlampe aus, legte sie auf den Tisch und setzte sich gegenüber von Albert in den Sessel.

In der Ferne konnte man die Blitze über dem Meer niederfahren sehen, während sich bewegende Wasserschatten den Raum fluteten. Es war kühler und die Geräuschkulisse lauter; der Wind heulte und der Regen trommelte mit aller Kraft auf das Dach und gegen die Fenster.

„Es ist schön, dich trotz des Wetters hier zu sehen", sagte Walther und schlug die Beine übereinander.

Albert lachte. „Irgendwie hat die Telefonleitung auch etwas abbekommen und keiner von uns fand mit dem Handy eine Stelle mit Empfang im Haus. Ich hätte also sogar kommen müssen, um dir zu sagen, dass ich wegen des Regens nicht kommen möchte."

„Nur gut, denn ich saß seit Stunden hier und mir fiel nichts ein. Momentan läuft es nicht so gut mit dem Buch."

„Wieso nicht?" fragte Albert und legte die Taschenlampe aus der Hand.

„Ich weiß nicht wirklich, wie ich an der Stelle die Kurve zum nächsten Teil bekommen soll, für den ich schon ein klares Konzept habe. Aber augenblicklich ist es eine Qual."

„Wovon handelt es?"

„Grob umrissen vom Tod meiner Frau vor 20 Jahren und den Jahren danach."

„Eine Autobiografie?"

„Einerseits ja und andererseits nein. Sagen wir so: Es wird eine Geschichte erzählt, in der sehr viel Wahrheit steckt. Vermutlich wird man einen Großteil davon nicht herauslesen können, wenn man mich nicht persönlich kennt.

Weißt du, man weiß einfach, dass die Großeltern einmal sterben. Man könnte sagen, man hat sich daran gewöhnt, auch wenn das hart klingt. Es ist nun einmal so, dass alte und kranke Menschen irgendwann gehen. Aber man wird sich nie daran gewöhnen, Freunde, junge Menschen und Partner zu verlieren. Schon gar nicht, wenn es plötzlich oder in einem sehr kurzen Zeitraum passiert.

Und es wird darum gehen, wie chaotisch die Jahre nach dem Verlust waren, wie es zu Trennungen und Enttäuschungen kam und ich dadurch noch stärker an der Mauer um mich herum baute. Eine schöne Mauer, kreisrund wie der Turm hier. Es wird auch zeigen, wie ich damit aufhörte, über mein Seelenleben zu sprechen und wie ich begann, meine Gedanken, Ängste und Wünsche in Worte und Bilder zu fassen, um mich davor zu bewahren, einfach durchzudrehen oder aus einem Fenster zu springen."

Albert schwieg. Die symbolische Wirkung des Leuchtturms drängte sich ihm bei Walthers Worten regelrecht auf, zumal dieser die meiste Zeit allein hier unten am Fuße von *Nebelthron* verbrachte und sich dem geschriebenen Wort und der Malerei hingab. Dass es so in ihm aussah, hatte er nicht vermutet. Er konnte überraschenderweise Parallelen zu Agnes erkennen.

Walther erhob sich – vielleicht wegen der Stille –, nahm die Taschenlampe, schaltete sie ein und lief auf die andere Seite des Raumes, wo sich der Rollwagen befand. Es ertönte kurz darauf das Ploppen eines Korkens und das Klimpern von Glas, ehe er mit der Flasche in der linken und der Taschenlampe und den beiden Weingläsern in der rechten Hand wieder auftauchte. Er stellte alles ab und legte die Lampe wieder zur Seite.

„Ist er lieblich?" fragte Albert bei einem Blick auf Flasche, aus welcher sich der Wein, der unter den herrschenden Lichtverhältnissen schwarz aussah, in das erste Glas ergoss.

Ohne dabei aufzusehen, sagte Walther: „Sicher. Trocken oder halbtrocken kommt für mich nur zu einem Essen in Frage." Er sah zu Albert. „Kann ich dir etwas Essbares anbieten?"

„Nein, ich bin noch satt vom Abendessen", antwortete er, beugte sich nach vorn, griff das Glas, das ihm gereicht wurde, und nahm das Bouquet auf, während er sich in den Sessel zurücklehnte. „Danke sehr."

Walther stellte die Flasche ab und verschloss sie mit einem Flaschenverschluss aus Glas, den er aus der Brusttasche seines Hemdes holte. Ein gläserner Engel thronte stehend darauf. Dann setzte er sich und lehnte sich zurück, schlug die Beine wieder übereinander und nahm einen Schluck. Er hielt das Glas mit beiden Händen und blickte nach rechts hinaus in die Finsternis, welcher immer kraftvollere Geräusche entwichen; das Unwetter bäumte sich erneut auf.

Eigentlich wollte Albert fragen, wie viele Seiten Walther schon geschrieben hatte, doch dieser griff den Inhalt seines geplanten Buches erneut auf und ging auf Nachfrage von Albert hier und da näher ins Detail. In den folgenden Stunden verzweigten sich die Themen immer weiter, gleich den Ästen eines Baumes. Parallel dazu füllte man Glas um Glas, was den Themenbaum wachsen ließ und dazu führte, dass fast drei Flaschen geleert wurden.

„Wenn du dort draußen deinen Sinn suchst", sagte Walther, der sich mittlerweile auf die Aussprache konzentrieren musste, „dann wirst du ihn nicht finden. Wieso nicht? Weil es ihn nicht gibt. Nicht dort draußen." Er deutete dabei mit dem Glas in der Hand durch das Fenster hinaus ins Nichts. „Höchstens in dir selbst. Und wenn du ihn dort nicht finden kannst, dann bist du auch nur ein Wandersmann auf dieser Welt, genau wie ich. Denn der Punkt ist, dass ich damals meinen Halt verlor. Und ich habe seitdem außer der Schreiberei und der Malerei nichts mehr, um mein Herzblut zu investieren. Aber Herzblut ist wichtig. Man muss es irgendwo einfließen lassen, sonst wird man eines Tages darin ertrinken.

Ich werde sie wieder in die Arme schließen können, wenn meine Zeit abgelaufen ist, davon bin ich überzeugt. Und an dieser Hoffnung halte ich fest, weil ich lieber ihr folge als mich von der Realität kaputt machen zu lassen, die es wohl auf lange Sicht schaffen würde."

Walther sah kurz auf seine Uhr und wechselte abrupt das Thema: „Es ist ja bereits weit nach fünf."

Albert, der den Alkohol nicht minder in seinem Kopf merkte und die letzten dreißig Minuten nichts gesagt, sondern interessiert zugehört hatte, blickte hinaus, wo noch immer Regen gegen die Scheiben prasselte und Blitze die nebelige, langsam ausklingende Nacht erhellten.

Walther stand auf und blieb leicht schwankend stehen. „Also du kannst gerne im Wohnzimmer auf der Couch schlafen, denn bei dem Regen wäre es unsinnig, den Weg ein zweites Mal zu laufen."

„Danach wollte ich ohnehin fragen, weil ich keine Lust habe, auf der Treppe zu stürzen und mir den Hals zu brechen", erklärte Albert, wonach er sich erhob.

„Das wäre nicht gut. Und Verzeihung. Wir setzen die Unterhaltung ein anderes Mal fort. Ich hatte mir vorgenommen, spätestens um 3:00 Uhr im Bett zu sein, weil ich gestern bis 4:00 wach gewesen bin und nur drei Stunden schlafen konnte. Leider bekomme ich bei zu wenig oder zu viel Schlaf den ganzen Tag über nichts zustande und obendrein Kopfschmerzen. Ich hasse das."

„Das ist kein Problem. Mir kommt das bis auf die Kopfschmerzen nämlich sehr bekannt vor."

Damit beendeten sie das fast siebenstündige Treffen und ließen die leeren Flaschen und die Gläser auf dem Tisch stehen, genauso wie die Kerzen, die Walther mit angefeuchteten Fingern zischend löschte – die Teelichter auf dem anderen Tisch brannten schon lange nicht mehr.

Walther erklärte auf dem Weg nach unten, sein Nachname „von Rosendorn" sei ein Künstlername. Er war sich durchaus bewusst, dass eine Rose keine Dornen besaß, sondern Stacheln. „Von Rosendorn" klang seiner Meinung nach aber um einiges poetischer, wobei ihm Albert wortlos nickend zustimmte.

Nach zehn Minuten wurde es still im Turm; lediglich Wind und Donner kämpften gegen die Ruhe an, während der Regen mit seinem Klang für einen traumlosen Schlaf sorgte, welcher bis zum frühen Nachmittag anhalten sollte.

# Teil 24 – Zweisam

Er erwachte in den frühen Morgenstunden, in denen sich die Sonne gerade anschickte, über die Berge hinweg die Gegend zu erhellen und den überall aufsteigenden Nebel zu vertreiben. Dieser stieg aus den immergrünen Wäldern, den goldenen Feldern und den satten Wiesen und schwebte über dem See, der sich inmitten dieser malerischen Umgebung befand. Es wehte kein Lüftchen und es sang kein Vogel; nichts unterbrach die vollkommene Stille, die den Beginn des neuen Tages zusammen mit der kalten, klaren Gebirgsluft begleitete. Das Wasser lag wie eine gigantische Glasscheibe da und versuchte durch den Dunst hindurch den makellos blauen Himmel widerzuspiegeln.

Sie lagen unter fünf dicken Decken verhüllt am Ende einer von Mauern gesäumten, rechteckigen Landzunge, die rund zehn Meter gerade in den See und einen halben Meter aus dem Wasser ragte, wo sie sich am Abend vorher niedergelassen hatten, um in die Sterne zu blicken. Die Fläche war etwa vier Meter breit, komplett mit Gras bewachsen, das über die Oberkanten der Mauern ragte, die bündig mit dem Erdniveau endeten, und auf beiden Seiten in regelmäßigen Abständen von Birken gesäumt. Unweit davon befand sich auf der rechten Seite ein paralleler Holzsteg, der die gleiche Länge besaß.

Vorsichtig richtete sich Walther auf, um seine Frau nicht zu wecken, und blickte sich um. Neben ihm stand eine leere Flasche Wein im feuchten Gras. In den zwei Gläsern daneben klebte jeweils ein angetrockneter Rest Rotwein. Er konnte seinen Atem sehen und hörte das ruhige und tiefe Atmen seiner Frau, die ihm zugewandt lag.

Am Vortag hatte sie ihn gefragt, ob er gerne älter oder jünger wäre, wenn es die Wahl gäbe.

„Wäre ich älter, könnte ich einige Dinge in der Zukunft nicht mehr beeinflussen und würde eventuell auf ein schlimmes Leben zurückblicken", hatte er darauf geantwortet. "Wäre ich aber jünger, lägen noch so viele Sachen vor mir, über die ich froh bin, sie hinter mir zu haben. Mit anderen Worten: So, wie es ist, ist es richtig."

Am späten Abend hatte er ihr verboten, aus den Fenstern des Hauses zu blicken und es zu verlassen, ehe er für eine Stunde nach draußen gegangen war. Nach seiner Rückkehr hatte er vorsichtig ihre Augen verbunden und sie hinaus auf die Landzunge zum Ende der kleinen Allee geführt. Kaum war das Seidentuch entfernt worden, hatte sie ihren Augen beim Blick auf den See nicht trauen können: Überall schwammen kugelförmige Papierlaternen in Gelb, Grün, Weiß, Rot und Blau. Unter dem klaren Himmel hatte es gewirkt, als wären die Sterne zu Boden gesunken, um hier für sie beide zu leuchten. Vor Freude waren ihr in seinen Armen die Tränen gekommen.

Nun lag sie neben ihm, während er hinaus auf das Wasser schaute, wo die Laternen mit den erloschenen Kerzen im Inneren trieben; mit seinen Gedanken war er noch bei den gestrigen Gesprächen. Er wusste nicht, dass in diesem Augenblick im Kopf seiner Frau ein Tumor heranwuchs, der ihm den schrecklichsten Moment seines Lebens bringen würde, ohne etwas daran ändern zu können; auch sie ahnte nichts davon.

Sie wusste nichts von den kommenden, unerklärlichen Kopfschmerzen, von den zahlreichen Untersuchungen mit der Diagnose der Unheilbarkeit, von der Freude beim Erblicken von Gänseblümchen am Wegesrand, von den letzten Wochen, von der Anmut ihrer Beerdigung in zwei Jahren und von dem bodenlosen Loch, in welches Walther bis zu seinem eigenen Tod fallen würde und an dessen Wänden die Bilder aus den 17 gemeinsamen Jahren zu sehen sein würden. Stattdessen lag sie friedlich da und träumte von einem Waschbären, der mit einem Eichhörnchen Stein-Schere-Papier um eine Haselnuss spielte, die genau zwischen ihnen von einem Strauch auf den Boden gefallen war.

Er überlegte, was sie unternehmen konnten, denn das Wetter sollte zauberhaft werden und die nächsten Tage so bleiben. Neben einer Wanderung in die Berge zu einem Wasserfall bot sich noch eine Fahrt in einen Nationalpark an, der mit dem Wagen etwa eine Stunde entfernt lag, und eine Führung durch eine Tropfsteinhöhle, die laut Karte auch in rund einer Stunde mit dem Auto erreichbar war und in der entgegengesetzten Richtung zum Park lag. Die vierte Möglichkeit bestand darin, kurz in den nächsten Ort zu fahren, dort Lebensmittel einzukaufen und dann wieder hierher oder auf den Steg zu gehen, um im See zu schwimmen, in der Sonne oder im Schatten zu liegen, zu reden oder sich gegenseitig und abwechselnd aus einem Buch mit einer Sammlung von Texten, Geschichten und Gedichten vorzulesen, welches sie sich zusammen mit zwei gleichartigen Büchern extra für den Urlaub gekauft hatten.

Sie wollten eine Woche in dem kleinen Ferienhaus am See verbringen, was die Idee seiner Frau gewesen war, und eine weitere Woche an das Meer fahren, was er vorgeschlagen hatte. Sie waren vor drei Tagen angekommen und hatten sich in der Sekunde in die Landschaft verliebt, in welcher sie den Wagen verlassen und die Luft zum ersten Mal in ihre Lungen gesogen hatten.

Mittlerweile begrüßten die Vögel reichlich verspätet mit ihren Liedern den Morgen; Sonnenstrahlen ließen links in der Ferne für Walthers Augen unsichtbar den ersten Tau funkeln und weckten die Welt aus ihrem ruhigen Schlaf. Die mächtigen Schatten der Berge auf der rechten Seite, hinter denen sich die Sonne erhob, zogen sich langsam zurück und spendeten der Welt wachsende Helligkeit und Farbe.

Da es noch einige Zeit dauern würde, bis die Temperaturen angenehmer werden würden, legte sich Walther wieder hin, wandte sich seiner Frau zu und küsste sie auf die Stirn, ehe er seinen Arm um sie legte und nochmals einschlief.

# Teil 25 – Abschied

Die Wochen verstrichen. Die Tage wurden kürzer, die Winde kälter und schon bald löste sich der bunte Zauber raschelnd von den Bäumen, um am Ende glänzend irgendwo im trüben Schein eines nasskalten Tages am Boden zu kleben und zu vergehen. Reifbedeckte Äste und Zweige ragten wie knochige Finger zu den grauen Weiten am Himmel empor, der erste Frost ließ Grashalme unter jedem Schritt knirschen und ein tiefer Atemzug auf der Stadtmauer verriet es allen deutlich: Der erste Schnee würde bald kommen.

Angesichts dieser jährlich wiederkehrenden Veränderung war es für die Bewohner an der Zeit, sich zu überlegen, wie und vor allem wo man den Winter verbringen wollte, um sich im Frühling oder im Sommer wieder zusammenzufinden, denn *Nebelthron* war durch seine Lage hoch im Norden ein denkbar ungeeigneter Ort, um in aller Ruhe zu überwintern, zumal laut Walther Durchschnittstemperaturen von 20 Grad unter Null keine Seltenheit darstellten. Bei niedriger Luftfeuchtigkeit sicherlich weniger problematisch, direkt am Meer jedoch die reinste Hölle.

Im Zuge dessen ergaben sich folgende Konstellationen: Julia und Francis wollten in eine Stadt sehr viel weiter im Süden und sich dort mit kleinen Jobs durchschlagen. Die Unterkunft in einer Gruppe war seit über einem Monat sicher; es würde sogar jeder sein eigenes Zimmer haben. Agnes wollte gemeinsam mit Aari und Walther in der Stadt bleiben, wohingegen Yuuki und Albert entschieden hatten, ebenfalls in eine andere Aussteigergruppe zu wechseln und im Frühling des nächsten Jahres zurück nach *Nebelthron* zu kommen, denn alle waren sich bereits sicher, dass eine größere Wanderschaft im Netzwerk erst einmal ausgeschlossen war.

Reinhart hingegen ließ eines Tages große Verwirrung zurück, als er wie vom Erdboden verschwunden war und am Kühlschrank nur ein Zettel hing, welcher lediglich besagte: „Ich melde mich. Reinhart". Ein Blick in sein Zimmer hatte ergeben, dass er seinen Rucksack und eine Auswahl an Kleidung mitgenommen hatte; die Hast, mit welcher er alles zusammengesucht und die Abreise angetreten haben musste, war nicht zu übersehen gewesen. Wundersam war auch, dass er offenbar sein Handy zertreten und in den Papierkorb geworfen hatte.

Aari meinte, dass er am Vorabend mit ihm in der Werkstatt einige Bier getrunken und Reinhart in dieser Zeit einen Anruf erhalten hatte. Ein kurzes „ja" von ihm war alles gewesen, ehe er nach zirka 10 Sekunden aufgelegt und das Handy abgeschaltet hatte. Er war zwar noch etwas geblieben, hatte sich jedoch so verhalten, als wäre er mit dem Kopf bereits nicht mehr anwesend.

Es war sich aber jeder sicher, dass er sich melden würde, da er es geschrieben hatte. Reinhart hielt stets sein Wort. Man vermutete sofort, dass es entweder seine Eltern, seine Geschwister oder den Tod seiner Frau und seiner Tochter betraf, sprich, dass es sich um eine sehr persönliche Angelegenheit handeln musste. Und da Mutmaßungen nichts bringen würden und niemand wusste, wie man mit Reinhart Kontakt aufnehmen konnte oder wo er war, konnte man nur abwarten und ihn später nach den Beweggründen seiner unerwarteten Abreise fragen.

Und so trennten sich die Wege und das Zusammenleben in der Stadt der Aussteiger wurde sprichwörtlich auf Eis gelegt. Zwar gab es, ehe Francis und Julia die Abreise antraten, eine große Party mit Musik, Alkohol und Spaß, doch tröstete das nicht darüber hinweg, dass sich in den kommenden Wochen vieles ändern würde; es fühlte sich für alle Beteiligten an, als wäre das Ende eines wundervollen Abschnitts im Leben angebrochen. Es machte sich Wehmut breit, gleichwohl man wusste, dass man in Verbindung bleiben und sich im Frühjahr wiedersehen würde. Vergleichbar war es vom Gefühl her mit einem ereignisreichen und schönen Urlaub, welcher endet und unumgänglich dem tristen Alltag in einem Büro weichen muss. Es wurden gewissenhaft Telefonnummern und Adressen ausgetauscht, man umarmte und verabschiedete sich voneinander und man vergoss die eine oder andere Träne, ehe man sich in alle Richtungen verstreute – wie die letzten Blätter, die der eisige Wind von den Bäumen riss ...

# Teil 26 – Ausklang

„Also ich freue mich wirklich auf die Rasselbande", sagte Yuuki und nahm einen kräftigen Schluck aus der Bierflasche.

„Das kannst du laut sagen", meinte Albert und ließ seinen Blick über die Stadt schweifen.

Sie saßen mit einem bis auf zwei Flaschen leeren Bierkasten im orangen Morgenlicht auf ihren Jacken auf dem Dach eines Hochhauses und blickten über die Stadt hinweg, auf deren Straßen nur wenige Fahrzeuge und noch weniger Menschen unterwegs waren. Sie lag noch im Dunst und im Schlaf der vergangenen Nacht da und erwartete den neuen Tag, der Geschäftigkeit, Geräusche, Hoffnungen, Enttäuschungen, Gewinne und Verluste bereithielt; der so manchem brotlosen Künstler einen Auftrag bescheren, der Inspiration schenken, Pläne besiegeln und Freundschaften knüpfen sollte.

Sie hatten die letzten vier Tage auf einer Demoparty verbracht und genossen daher die Ruhe hier oben und ließen mit den letzten Flaschen das nahezu konstante Trinken zwischen Rechner, Big Screen, Workshops und Musik ausklingen, während sie die unzähligen Eindrücke und Informationen verarbeiteten. In der Nacht hatten sie sich die Demos und Aufzeichnungen nochmals auf Yuukis Notebook, das nun neben dem Bierkasten lag, angesehen und darüber gesprochen.

„Übrigens: Reinhart ist wieder zurück", erklärte Yuuki und sah mit bedeutungsvoll aufgerissenen Augen nach links zu Albert.

Albert nahm einen Schluck und fragte: „Seit wann? Und was ist passiert?"

„Seit vorgestern. Er hatte wohl einige Angelegenheiten zu *bereinigen*, wie er Walther sagte. Und er ist angeblich wie ausgewechselt. Ruhiger und entspannter. Er will von Aari das Steinbildhauern lernen."

„Das sind mal wirklich gute Neuigkeiten!"

„Stimmt." Yuuki blickte auf seine Armbanduhr. „Wann müssen wir eigentlich zum Zug?"

Albert überlegte kurz. In seinen Eingeweiden kribbelte es vor lauter Aufregung, wenn er nur daran dachte, in zwei Tagen alle wiederzusehen, denn bis auf ihn und Yuuki hatte bereits jeder den Weg zurück nach *Nebelthron* gefunden. „Das Taxi kommt kurz nach zwölf."

„Da lohnt es sich nicht mehr, für die paar Stunden ins Bett zu gehen."

„Ich könnte eh nicht schlafen."

„Geht mir auch so. Aber ich muss noch meine Sachen packen."

Albert grinste. „Das habe ich zum Glück hinter mir. Ich muss nur nach unten, den Rucksack greifen und bin fertig."

„So ein Mist!" regte sich Yuuki über sich und seine Faulheit auf. Er erhob sich. „Ich suche mal schnell alles zusammen und komme gleich wieder." Er deutete leicht schwankend auf den Kasten, der am Abend vorher noch voll gewesen war und der sie seit acht Stunden versorgt hatte. „Lass mir die eine noch übrig!"

„Klar", sagte Albert.

Damit verschwand Yuuki. Albert hörte nur, wie hinter ihm die Metalltüre ins Schloss fiel.

Er sah ostwärts, wo die Sonne das ferne Wolkenband am Horizont zum brennen brachte und atmete die frische Luft ein, welche diesen typischen Geruch einer Großstadt am Morgen in sich trug. Es war ungewöhnlich warm für Ende April, so dass er kurzärmelig hier oben sitzen konnte, ohne zu frieren.

Er wusste noch immer nicht so wirklich, was er wollte. Aber mit einer sehr hohen Wahrscheinlichkeit würde er sich eine neue Lehrstelle suchen, um auf lange Sicht wieder einen direkten Einstieg zu schaffen, denn es hatte in seinen Augen keinen Wert, sich nur auf diverse Aushilfsjobs zu konzentrieren. Er liebäugelte hierbei mit dem Beruf des Glasbläsers, Schlossers oder des Silberschmieds, denn alle drei Tätigkeiten würde er auf lange Sicht auch ohne größere Probleme in einer kleinen Werkstatt ausüben können. Aari hatte schon gesagt, dass er ihm aufgrund seiner Kontakte beim eventuellen Eintritt in die Selbstständigkeit behilflich sein konnte, was eine wunderbare Perspektive war, denn so würde er weiterhin innerhalb des Netzwerkes bleiben und sein Leben finanzieren können.

Aktuell war er aber noch ein Wandersmann auf dem Weg zu sich selbst. Wie lange der Pfad sein würde, das konnte er nicht abschätzen. Was er aber wusste: *Nebelthron* würde der nächste Halt sein, um sich umzusehen, Kraft zu tanken und sich zu entscheiden, wohin die Reise führen sollte …

– Ende –

»Als Leben mehr als Dasein hieß,
als eine Hand den Sternen wies.«

Dornenreich
›Reime faucht der Märchensarg‹